우리가 정말 알아야 할 우리 고전

박씨전

'우리가 정말 알아야 할 우리 고전' 기획 위원

고운기 | 한양대학교 국문학과와 연세대학교 대학원을 졸업했다.
현재 한양대학교 문화콘텐츠학과 교수이다.
김성재 | 숙명여자대학교 국문학과를 졸업하고 같은 대학원을 수료했다.
고전을 현대어로 옮기는 일에 관심을 갖고 꾸준히 작업하고 있다.
김　영 | 연세대학교 국어국문학과와 같은 대학원을 졸업했다.
현재 인하대학교 국어교육과 교수이다.
김현양 | 연세대학교 국어국문학과와 같은 대학원을 졸업했다.
현재 명지대학교 방목기초교육대학 교수이다.

우리가 정말 알아야 할 우리 고전
박씨전

초판 1쇄 발행 | 2006년 1월 10일
초판 12쇄 발행 | 2018년 5월 20일

글 | 장경남
그림 | 이영경
펴낸이 | 조미현

펴낸곳 | (주)현암사
등록 | 1951년 12월 24일 · 제10-126호
주소 | 04029 서울시 마포구 동교로12안길 35
전화번호 | 365-5051 · 팩스 | 313-2729
전자우편 | editor@hyeonamsa.com
홈페이지 | www.hyeonamsa.com

글 ⓒ 장경남 2006
그림 ⓒ 이영경 2006

*지은이와 협의하여 인지를 생략합니다.
*잘못된 책은 바꾸어 드립니다.

ISBN 978-89-323-1346-7 03810

우리가 정말 알아야 할 우리 고전

글─장경남 그림─이영경

박씨전

현암사

우리 고전 읽기의 즐거움

 문학 작품은 사회와 삶과 가치관을 총체적으로 담고 있는 문화의 창고이다. 때로는 이야기로, 때로는 노래로, 혹은 다른 형식으로 갖가지 삶의 모습과 다양한 가치를 전해 주며, 읽는 이에게 기쁨과 위안을 주는 것이 문학의 힘이다.
 고전 문학 작품은 우선 시기적으로 오래된 작품을 말한다. 그러므로 낡은 이야기일 수 있다. 그러나 그 속에 담긴 가치와 의미는 결코 낡은 것이 아니다. 시대가 바뀌고 독자가 달라져도 고전이라는 이름으로 여전히 많은 사람에게 읽히는 작품 속에는 인간 삶의 본질을 꿰뚫는 근본적인 가치가 담겨 있다. 그것은 시대에 따라 퇴색되거나 민족이 다르다고 하여 외면될 수 있는 일시적이고 지역적인 것이 아니다. 시대와 민족의 벽을 넘어 사람이면 누구나 공감할 수 있는 보편적이고 세계적인 것이다. 그렇기 때문에 우리가 톨스토이나 셰익스피어 작품에서 감동을 느끼고, 심청전을 각색한 오페라가 미국 무대에서 갈채를 받을 수도 있다.
 우리 고전은 당연히 우리 민족이 살아온 삶의 궤적을 담고 있다. 그 속에 우리의 지난 역사가 있고 생활이 있고 문화와 가치관이 있다. 타인에게 관대하고 자신에게 엄격한 공동체 의식, 선비 문화 속에 녹아 있던 자연 친화 의식, 강자에게 비굴하지 않고 고난에 굴복하지 않는 당당하고 끈질긴 생명력, 고달픈 삶을 해학으로 풀어내며 서러운 약자에게는 아름다운 결말을 만들어 주는 넉넉함…….

사람과 사람, 사람과 자연의 '어울림'을 중요하게 생각했던 우리의 가치관은 생활 속에 그대로 녹아서 문학 작품에 표현되었다. 우리 고전 문학 작품에는 역사가 기록하지 않은 서민의 일상이 사실적으로 전개되며 우리의 토속 문화와 생활, 언어, 습속이 구체적으로 드러난다. 작품 속 인물들이 사는 방식, 그들이 구사하는 말, 그들의 생활 도구와 의식주 모든 것이 우리의 피 속에 지금도 녹아 흐르고 있음이 분명하지만 우리 의식에서는 이미 잊힌 것들이다.

그것은 분명 우리 것이되 우리에게 낯설다. 고전을 읽음으로써 우리는 일상에서 벗어나 그 낯선 세계를 체험하는 기쁨을 얻게 된다. 몰랐던 것을 새롭게 아는 것이 아니라 잊었던 것을 되찾는 신선함이다. 처음 가는 장소에서 언젠가 본 듯한 느낌을 받을 때의 그 어리둥절한 생소함, 바로 그 신선한 충동을 우리 고전 작품은 우리에게 안겨 준다. 거기에는 일상을 벗어났으되 나의 뿌리를 이탈하지 않았다는 안도감까지 함께 있다. 그것은 남의 나라 고전이 아닌 우리 고전에서만 받을 수 있는 선물이다.

  우리 고전을 읽어야 한다는 데는 이미 많은 사람이 공감한다. 고전 읽기를 통해서 내가 한국인임을 자각하고, 한국인이 어떻게 살아 왔으며, 어떻게 살아가야 할지 알게 하는 문화의 힘을 느낄 수 있다.

  하지만 고전은 지난 시대의 언어로 쓰인 까닭에 지금 우리가, 우리의 청소년이 읽으려면 지금의 언어로 고쳐 쓰는 작업이 반드시 선행되어야 한다. 우리가 쉽게 접하는 세계의 고전 작품도 그 나라 사람들이 시대마다 새롭게 고쳐 쓰는 작업을 서슴한 결과물이다. 우리는 그런 작업에서 많이 늦은 것이 사실이다. 이제라도 우리 고전을 새롭게 고쳐 쓰는 작업을 할 수 있는 것은 우리의 문화 역량이 여기에 이르렀다는 반증이다.

  현재 우리가 겪는 수많은 갈등과 문제를 극복할 해결의 실마리를 고전 속에서 찾을 수 있다고 확신하면서 우리 고전을 지금의 언어로 고쳐 쓰는 작업을 시작한다. 이 작업은 여기에서 멈추지 않고 앞으로도 시대에 맞추어 꾸준히 계속될 것이다. 또 고전을 읽는 데서 끝나지 않을 것이다. 우리 고전은 우리의 독자적 상상력의 원천으로서, 요즘 시대의 화두가 된 '문화 콘텐츠'의 발판이 되어 새로운 형식, 새로운 작품으로 끝없이 재생산되리라고 믿는다.

 '우리가 정말 알아야 할 우리 고전'을 기획하면서 우리는 다음과 같은 몇 가지 원칙을 세웠다.
 먼저 작품 선정에서 한글·한문 작품을 가리지 않고, 초·중·고 교과서에 수록된 작품을 우선하되 새롭게 발굴한 것, 지금의 우리에게도 의미 있고 재미있는 작품을 포함시키기로 하였다.
 그와 함께 각 작품의 전공 학자들이 적극적으로 참여하여 판본 선정과 내용 고증에 최대한 정성을 쏟았다. 아울러 원전의 내용과 언어 감각을 훼손하지 않으면서도 글맛을 살리기 위해 윤문 과정을 여러 차례 거쳤다.
 마지막으로 시각 효과를 높이기 위해 내용에 맞는 그림을 곁들였다. 그림만으로도 전체 작품의 흐름을 알 수 있도록 화가와 필자가 협의하여 그림 내용을 구성했으며, 색다른 그림 구성을 위해 순수 화가와 사진가를 영입하였다.

 경험은 지혜로운 스승이다. 지난 시간 속에는 수많은 경험이 농축

된 거대한 지혜의 바다가 출렁이고 있다. 고전은 그 바다에 떠 있는 배라고 할 수 있다.

  자, 이제 고전이라는 배를 타고 시간 여행을 떠나 보자. 우리의 여행은 과거에서 출발하여 앞으로 미래로 쉼 없이 흘러갈 것이며, 더 넓은 세계에서 더 많은 사람을 만나며 끝없이 또 다른 영역을 개척해 갈 것이다.

2004년 1월
기획 위원

글 읽는 순서

우리 고전 읽기의 즐거움 | 사

이득춘과 박 처사, 운명적 만남 | 십일
이시백과 박 처사의 딸, 초라한 금강산 혼례식 | 십구
얼굴 못생긴 박씨, 얼굴 마주하지 않는 시백 | 이십육
박씨, 하룻밤 사이에 시아버지의 조복을 지어 올리다 | 삼십사
비루한 말을 준마로 길러 재산을 늘리다 | 사십일
박씨의 길몽과 이시백의 장원급제 | 오십이
추한 허물을 벗은 박씨, 시백의 뒤늦은 후회 | 육십일
이시백, 승승장구하다 | 칠십이
여 자객 기홍대의 피화당 침입 사건 | 칠십구
박씨, 기홍대를 제압하다 | 팔십칠
오랑캐의 조선 침략, 병자호란 | 구십사
박씨, 피화당을 엄습한 용골대의 목을 베다 | 백삼
오랑캐, 박씨에게 무릎을 꿇다 | 백십삼
부귀영화 누리는 정렬 부인 박씨 | 백이십

소설 속 인물 | 백이십사
소설 속 고사성어, 속담 | 백삼십오
작품 해설 | 병자호란의 치욕, 허구적 상상으로 극복한 『박씨전』 | 백삼십육

이득춘과 박 처사, 운명적 만남

조선시대 인조대왕 시절이었다. 한양성 안국방에 이득춘이라는 재상이 있었다. 이득춘은 어려서부터 학업에 힘쓰더니 열 살이 채 되기 전에 남다른 총명함을 갖추었다. 아울러 문장과 무예, 그리고 재주와 덕성을 갖추니 전국에서 으뜸이었다. 소년 시절에 과거에 급제하여 벼슬길에 나가더니 마침내 재상이라는 높은 벼슬에 이르렀다. 재상이 되어서 위로는 충성을 다하여 임금을 섬기고, 아래로는 백성에게 어진 정치를 베풀어 그 이름을 모르는 사람이 없을 정도였다.

이상공*은 마음씀이 너그럽고 재주가 뛰어난 덕에 귀한 아들을 하나 두었는데, 이름이 시백이었다. 시백은 어려서부터 총명하고 영리하여 한 번 보거나 들은 것은 오래 기억하였다. 열다섯 살에 이미 비범한 재주를 보여 문장으로는 중국 당나라의 유명한 시인인 이백과 두보를 뛰어넘었다. 또 필법은 중국 진나라 서예가인 왕희지를 본받았고, 지혜는 중국 삼국시대의 제갈량을 본받았다. 게다가 중국 초나라 패왕 항우에 버금가는 용기를 가졌으니, 상공이 아들 시백을 금과 옥처럼 사랑하였다. 시백의 재주와 사람 됨됨이를 보고 전국의 모든 사람이

* 상공(相公) | 재상의 높임말.

칭찬을 아끼지 않았다. 이리하여 시백의 이름은 차츰차츰 전국으로 퍼져 나갔다.

 상공은 시간이 나면 바둑을 두기도 하고, 퉁소를 불기도 하면서 지냈다. 밝은 달이 떠오르는 날이면 달빛 아래에서 낚시질 하는 취미도 있었다. 특히 퉁소를 부는 솜씨가 뛰어났다. 어느 땐가 한 도사를 찾아가서 퉁소 솜씨를 비교하여 자신의 솜씨를 뽐내기도 하였다. 상공의 퉁소 소리는 그 조화가 무궁하여 화원에 피었던 꽃이 흥을 못 이기어 떨어질 정도였다. 이러한 재주를 지닌 사람은 전국에서 상공 한 명뿐이었다.

 상공은 바둑 두기와 퉁소 불기에 적수가 없음을 한탄하면서 지냈다. 그러던 어느 날이었다. 하루는 어떤 사람이 상공의 집을 찾아왔다. 그 사람의 행색은 아주 초췌했다. 그뿐만 아니라 차림새도 아주 초라했다. 다 떨어진 옷을 입고 헤어진 갓을 쓰고 있었다. 그는 상공에게 하룻밤 묵고 가기를 부탁했다. 상공은 그 사람의 모습을 자세히 살펴보았다. 비록 의관은 남루하나 평범한 사람 같지는 않았다. 상공의 높은 식견으로 이 같은 도인을 모를 리가 없었다. 그를 한 번 보고 속으로 생각했다.

 '저 사람의 근본이 촌사람 같으면 어찌 당돌히 내 집에 오리오. 분명 예사 사람은 아니로다.'

 상공이 이같이 생각하고는 그 사람에게 물었다.

 "누구인지 모르겠지만 이처럼 누추한 곳에 오시니 황공하옵나이다."

 "나는 본래 부산 사람으로 유명한 산과 큰 절을 찾아다니며 미륵을 벗 삼아 세월을 보내옵나이다. 지금은 나이가 들어 여러 곳을 돌아다니지 못하고 한갓 금강산에 머물면서 죽기만 바라며 살고 있사옵니다. 성은 박씨인데, 세상 사람은 처사라고 부릅니다."

상공도 자기를 소개했다.

"나의 성은 이씨요, 세상 사람은 득춘이라 부릅니다."

상공은 옷깃을 바로 하고 또 물었다.

"옷차림은 남루하나 귀한 분 같은데 어찌 누추한 곳에 오셨나이까?"

처사가 대답했다.

"나는 산속에 살면서 바둑 두기와 퉁소 불기로 시간을 보내옵니다. 소문에 듣자오니 상공께옵서 나처럼 바둑 두기와 퉁소 불기를 좋아하신다 하더이다. 나 또한 바둑과 퉁소를 조금 알기에 상공의 솜씨를 보고자 천 리를 멀다 하지 않고 왔나이다."

상공은 그 사람의 언행을 보고 또다시 평범한 사람이 아니라 생각했다. 즉시 자리를 고쳐 앉으며 말했다.

"어찌 인간 세계의 평범한 사람이 선인仙人과 문답을 나누겠습니까?"

상공이 겸손한 자세를 갖추며 다시 말했다.

"평생 적수가 없는 것을 한탄하였는데, 처사를 대하오니 반가움을 이기지 못하겠나이다. 처사의 수준 높은 퉁소에 어찌 화답하오리까? 그러나 가르치심을 본받을까 하여 주인인 제가 먼저 불어 보겠나이다."

드디어 상공이 한 곡조를 부니 청아한 소리가 구름 속에 사무쳤다. 그 노래 가사는 이러했다.

창 앞에 모란화 꽃송이 다 떨어져 화단 위에 가득하도다.

처사가 상공의 노래를 다 듣고 칭찬을 아끼지 않았다.
"객이 주인의 노래만 듣기가 미안하오니 통소를 빌려 주시면 객도 우둔한 곡조로 화답할까 하나이다."
상공이 불던 통소를 전하니 처사가 받아 한 곡조로 화답하였다.

청천에 날아가는 청학·백학이 춤을 추고 화원에 꽃이 피어 가득가득하도다.

상공이 다 듣고는 무수히 칭찬했다.
"나 같은 둔한 재주도 세상 사람이 칭찬하였나이다. 나의 통소 소리는 다만 꽃송이만 떨어지게 할 뿐이지만 선인의 통소 소리는 봉황이 춤추고 떨어지는 꽃송이를 다시 피게 하오니 옛날 장자방의 곡조로도 비교할 수 없나이다."
두 사람은 각각 주인과 손님이 되어 바둑을 두기로 하고, 통소를 불기도 하며 하루하루를 즐겁게 보냈다.
하루는 처사가 상공께 청하였다.
"들리는 소문에, 상공께는 훌륭한 아들이 있다고 하더이다. 한번 보기를 청하나이다."

상공은 처사의 청을 듣고 아들 시백을 불렀다. 시백이 아버지 명을 받고 들어와 처사에게 절하였다. 처사는 인사를 받은 후 시백을 자세히 살펴보았다. 영웅호걸의 용모와 출장입상*할 기상이 미간에 은은히 나타났다. 처사는 속으로 기쁨을 이기지 못하여 즉시 상공께 청했다.

"비천한 제가 상공을 찾아온 것은 다름이 아니오라 상공께 부탁할 일이 있어서 왔나이다."

상공이 대답했다.

"무슨 말씀인지 자세히 듣고자 하나이다."

처사가 다시 말했다.

"비천한 제게 딸 하나가 있사옵니다. 나이가 이미 열여섯 살인데 아직 짝을 정하지 못하였나이다. 사윗감을 구하러 두루 돌아다니다 상공의 댁에 들어와 오늘 아드님을 보니 마음에 딱 들었나이다. 제 여식이 소견머리가 없고 미련하오나 귀댁의 며느릿감이 되기에 모자라지 않을 것이옵니다. 외람되오나 정혼함이 어떠하시나이까?"

상공이 생각했다.

'처사의 행동거지가 저러할진대 그 딸이 평범할 리 없으리라.'

처사가 계속해서 말했다.

"상공은 한 나라의 재상으로 높은 자리에 있으나, 저는 산중의 미천한 촌사람에 불가하옵나이다. 제 여식을 귀한 댁에서 받아 주기가 쉽지 않을 줄 아옵나이다. 그러나 버리지 않으시면 한이 없을까 하나이다."

상공은 처사의 말을 듣고 기꺼워하여 혼인을 승낙하였다. 처사도 상공의 허락을 듣고 반기며 즉시 혼인하기에 좋은 날을 택하니 혼인날은 석 달 정도 남았다.

---

* 출장입상(出將入相) | 나가서는 장수가 되고 들어와서는 재상이 된다는 말로 문무를 두루 갖추어 장수와 재상의 벼슬을 다 지낸다는 뜻.

이렇게 혼인날을 정하고 나서 술과 안주를 장만하게 하고는 서로 권하며 즐겁게 이야기를 나누었다. 둘은 바둑을 두기도 하고, 밝은 달빛이 비낀 창가에서 옥퉁소를 불며 즐거운 나날을 보냈다. 하루는 처사가 상공에게 작별 인사를 청하였다. 상공은 못내 서운하고 섭섭한 마음이 들었으나 어쩔 수 없이 손을 놓고 작별을 하였다. 처사는 그날로 산중으로 돌아갔다.

　처사와 작별한 후 상공은 온 친척을 모아 놓고 처사의 여식과 정혼한 사실을 이야기하였다. 부인과 친척들이 이 말을 듣고는 크게 놀라면서 불만을 털어놓았다.
　"혼인은 인륜지대사*이옵니다. 어찌 재상 집안에서 근본도 모르는 산중 처사의 여식과 혼인을 약속하옵나이까? 우리도 모르게 정혼을 하였으니 당치도 않사옵니다. 어찌된 일이옵나이까?"
　상공이 웃으며 말했다.
　"들으니 박 처사의 여식은 재주와 덕행을 겸비한 요조숙녀라 하더이다. 그래서 즉시 혼인을 허락하였노라."
　혼인날이 다가오자 혼인할 준비를 갖추어 상공이 친히 후배*를 데리고 길을 떠났다. 신랑 시백은 관복을 갖추고 준마에 올라타고 큰길로 나섰다. 신랑의 풍채는 마치 신선과 같았다.

---

* 인륜지대사(人倫之大事) | 사람의 일생에서 겪게 되는 가장 중요한 일, 곧 출생·혼인·사망 등의 일을 말함.
* 후배(後陪) | 혼인 때 가족 중에서 신랑이나 신부를 데리고 가는 사람. 상객(上客)이라고도 함.

이시백과 박 처사의 딸, 초라한 금강산 혼례식

상공 일행은 길을 떠난 지 여러 날 만에 금강산에 다다랐다. 금강산의 산천 경치는 빼어나게 아름다웠다. 갖가지 빛깔의 화초는 만발하였고, 벌과 나비는 쌍쌍이 날아들면서 꽃송이를 보고 춤을 추었다. 버들은 푸르게 우거지고 늘어졌으며, 황금 같은 꾀꼬리는 고운 소리를 높여 벗을 불러대 듣는 사람의 흥을 돋우었다. 상공 일행은 경치를 구경하며 점점 산속으로 깊이 들어갔다. 한참을 들어가니 사람의 자취는 드물고 길을 찾을 수가 없어 주막을 찾아 쉬었다. 이튿날 다시 길을 떠나 산골짜기로 들어가니 사람의 발자취는 전혀 없고 층암절벽만 우뚝 서서 병풍을 두른 듯하였다. 골짜기에서 흐르는 물은 짙고 푸른 빛을 띠며 잔잔히 흐르고, 새는 슬피 울어 마치 허황한 일을 비방하는 듯한데, 두견새의 울음소리는 처량하여 사람의 슬픈 마음을 돕는 듯하였다. 상공이 자신의 처지를 생각한즉 도리어 허황된 생각이 들어 후회를 하였으나 어쩔 수 없는 일이었다. 어느덧 해는 서산에 떨어지고 달은 동쪽 언덕으로 떠올랐다. 할 수 없어 또다시 주막을 찾아가 쉬고, 이튿날 다시 산골짜기로 들어갔다. 깊은 산 깊은 골짜기를 헤쳐 나갈 것을 생각하니 눈앞이 캄캄하였다. 상공이 동쪽을 바라보며 생각했다.

'옛날 한나라 때 유비는 남양 땅에 삼고초려하여 와룡*을 만났다 하더니 내게는 그러한 인연이 허황되도다.'

생각에 잠겨 주저하고 있을 때였다. 문득 산골짜기에서 목동 서넛이 노래하며 내려오는 것이 보였다. 상공이 반기며 외쳤다.

"저기 가는 아이들아! 거기 좀 섰거라!"

아이들이 멈추자 상공이 물었다.

"길을 가르쳐 주어 길손을 인도함이 어떠하냐?"

초동이 대답했다.

"이곳은 금강산이요, 이 길은 박 처사가 사는 곳으로 통한답니다. 우리는 박 처사가 사는 곳에서 내려오는 중이옵니다."

공이 반기며 물었다.

"지금 박 처사가 댁에 계시더냐?"

초동이 다시 대답했다.

"옛 노인들이 '수백 년 전에 어떤 사람이 이곳에서 나무를 얽어 집을 만들고 나무 열매를 먹으며 살았는데 이름을 박 처사라 하였더니 간 곳을 모르노라.' 하는 말을 듣기는 하였으나 지금도 살고 있다는 말은 금시초문이로소이다."

상공이 그 말을 듣고는 정신이 더욱 아득하였다. 겨우 정신을 차리고 다시 또 물었다.

"처사가 그곳에서 산 지는 몇 해나 되느뇨?"

---

* 와룡(臥龍) | 제갈량을 일컫는 별도의 호칭.

동자가 미소를 짓고 말했다.

"그곳에서 산 지는 3,300년이 되었다고 하더이다."

초동은 묻는 말에 다시는 대답하지 않고 가 버렸다. 상공이 이 말을 듣고는 더욱 이상한 생각이 들어 하늘을 우러러 보며 크게 웃으면서 말했다.

"세상에 허황된 일도 많도다."

상공은 생각에 잠겨 주저하다가 다시 주막으로 돌아왔다. 시백이 부친을 위로하여 말했다.

"후회하실 것 없사옵니다. 도로 발길을 돌리는 것이 옳을 듯하옵나이다."

상공이 웃으며 말했다.

"이대로 발길을 돌려도 남의 웃음을 면치 못할 것이요, 발길을 돌리지 않으려고 해도 후회막급이라. 내일이 바로 혼인날이지 않느냐?"

이튿날 상공은 노복을 재촉하여 다시 길을 나섰다. 반나절 동안 산속을 헤매면서 기운이 다하도록 찾았다. 오후쯤 되어서였다. 어떤 사람이 갈건에 베옷차림을 하고 죽장을 짚고 산중에서 내려오고 있었다. 자세히 바라보니 곧 박 처사였다. 처사가 먼저 상공을 알아보고 반가워하며 말했다.

"나 같은 사람과 인연을 맺어 여러 날을 깊은 산골짜기에서 헤매게 하였으니 죄송스러워 몸 둘 바를 모르겠나이다."

상공이 웃으며 인사를 하고, 서로 지난 일을 이야기했다.

이야기를 나눈 뒤 처사가 상공을 데리고 산중으로 들어갔다. 이때는 완연한 봄이었다. 화초는 길 양편에 만발하였고, 벌과 나비는 쌍쌍이 날아다니다가 꽃을 보고 반기며 춤을 추었다. 노송은 가지를 길게 늘어뜨리고, 황금 같은 꾀꼬리는 나무 사이로 왕래하면서 노래하니 새소리가 산속에 가득하였다. 상공은 진실로 인간 세계를 떠나 신선의 세계에 온 듯한 착각에 빠졌다.

처사가 상공에게 말했다.

"나는 본래 가난하여 거처할 집도 없사오니 잠시 석상에 앉으소서."

처사는 가지가 축 늘어진 소나무 밑으로 안내했다. 석탑을 정결히 모아 놓은 곳에 자리를 정하고 나서 말했다.

"산중이라 예의를 갖춘 혼례식을 치를 수 없어 송구스럽기만 할 뿐이옵니다. 되는대로 혼례식을 치르는 것이 좋을 듯하옵나이다."

드디어 혼례식이 시작되었다. 상공이 시백을 데리고 교배석*에 들어갔다. 신랑과 신부는 교배석을 사이에 두고 맞절을 하였다. 그것으로 혼례식은 끝이었다. 예식을 마치고 신랑은 신부가 있는 내당으로 들어갔다. 상공을 비롯한 상객들은 석탑에 앉았다. 이윽고 처사가 송화주를 들고 나와 권하면서 말했다.

"산속에서 나는 것들이라 특별한 맛은 없사오니 허물치 마옵소서."

처사는 송화주 서너 잔을 권한 뒤 저녁밥을 지어 손님 대접을 했다. 저녁을 먹은 후 또다시 상공에게 송화주를 권했다. 상공은 아주 많이

---

* 교배석(交拜席) | 혼례식 때 신랑과 신부가 서로 절을 하는 자리.

취하여 다시 먹을 생각이 없었다. 상공과 노복 등은 술을 이기지 못하고 급기야 정신을 잃고 쓰러졌다. 한 식경*이 지난 후에 깨어 보니 이미 날이 밝았다. 상공이 처사를 청하여 말했다.

"어제 먹던 술이 실로 인간 세계의 술은 아닌 듯하온데, 짐짓 신선 세계의 술인가 하나이다."

처사가 웃으며 말했다.

"송화주 한 잔에 그처럼 취하십니까?"

상공이 대답했다.

"인간 세계의 평범한 사람이 신선의 술 한 잔을 당돌하게 마시니 진실로 과하더이다."

즐겁게 이야기를 나누다가 상공이 돌아가기를 청했다. 이에 처사가 말했다.

"이곳은 산이 깊을 뿐 아니라 상공의 댁과 거리가 머니 이번 길에 제 여식을 데리고 가소서."

상공이 옳게 여기고 허락했다.

처사는 곧 행장*을 꾸렸다. 신부의 얼굴은 나삼으로 가려 다른 사람이 보지 못하게 하고 상공에게 말했다.

"조만간에 다시 만나사이다."

작별 인사를 나눈 후 상공 일행은 길을 떠나 한양으로 향했다.

---

* 식경(食頃) | 한 끼의 밥을 먹을 만한 시간.
* 행장(行裝) | 여행할 때 필요한 갖가지 물건.

얼굴 못생긴 박씨, 얼굴 마주하지 않는 시백

　상공 일행이 길을 나서 산 입구에 내려오자 해는 이미 서산에 지고 있었다. 일행은 주막을 찾았다. 주막에 들어가 행장을 풀자 드디어 신부의 얼굴이 드러났다. 신부의 얼굴은 모두 처음 보는 것이었다.
　신부의 용모는 몹시 추했다. 얼굴은 심하게 얽었는데 얽은 구멍에 때가 줄줄이 맺혀 가득하였다. 눈은 달팽이 구멍 같고, 코는 깊은 산골짜기의 험한 바위 같고, 이마는 벗겨져 흉한데, 키는 팔척장신이었다. 큰 키에 팔은 늘어지고, 한 다리는 저는 모양을 하니, 그 모습을 차마 바로 보지 못할 지경이었다.
　상공과 시백이 한 번 보고 정신이 어질하여 다시는 신부의 얼굴을 마주할 마음이 없었다. 부자는 서로 말없이 앉아 있을 뿐이었다. 그럭저럭 날이 새자 길을 재촉하여 여러 날 만에 한양에 도착하여 집으로 들어갔다. 일가친척들은 신부가 왔다고 반기며 신부를 구경하려고 모두 모여들었다. 신부는 가마에서 내려 방으로 들어갔다. 얼굴을 가렸던 나삼을 벗어 놓으니 그 모습이 가관이었다. 방 안에 모인 모든 사람이 신부의 얼굴을 보고 중얼거렸다.
　"처음 하는 구경거리로다."
　그날부터 신부에 대한 비아냥거림이 그치지 않으니, 경사가 난 집이

아니라 도리어 초상이 난 집 같았다. 상하노소가 다 경황없는 가운데 부인이 상공을 원망하며 말했다.

"한양 땅에는 훌륭한 가문에 아리따운 숙녀가 많거늘, 구태여 산중에 들어가 신부를 구해 남의 웃음을 사옵니까?"

상공이 오히려 꾸짖었다.

"부인은 무슨 말씀을 그렇게 하시오? 아무리 절세가인을 얻어서 며느리로 삼는다 해도 여자로서의 행실이 없으면 가문을 보전하지 못할 것이요, 비록 인물은 볼품없다 해도 덕행이 있으면 한 가문이 흥할 것이외다. 우리 며느리의 얼굴이 비록 추하고 더러울지라도 현모양처의 덕행을 갖추고 있소. 하늘이 돕고 신령이 도와 저렇게 어진 며느리를 얻어 왔거늘 부인은 어찌 그런 말씀을 하시오. 다시는 그런 식견이 없는 말을 마옵소서."

부인이 대답했다.

"대감의 말씀이 당연하오나 며느리의 얼굴을 보니 부부가 화목하게 지내기가 쉽지 않을 것 같사옵니다."

상공이 말했다.

"시백 부부가 화목하고 즐겁게 지내는지 아닌지는 우리 가문의 흥망에 달려 있소. 그러니 무엇을 근심하오리까? 부인도 며느리를 구박하지 마옵소서. 부모가 자식을 사랑하는데, 자식이 어찌 즐겁지 않으오리까?"

한편 시백은 박씨의 추한 모습을 미워하며 얼굴을 마주하지 않았다. 더구나 비복들까지도 박씨를 미워했다. 박씨는 밤낮으로 자기 방에서 홀로 지내면서 잠만 잘 뿐이었다. 시백은 박씨를 내치고 싶은 마음이 굴뚝같았으나 아버지의 꾸짖음이 두려워 감히 마음대로 못하였다. 상공이 그 기미를 알고 시백을 불러 꾸짖었다.

"사람의 덕행을 모르고 미색만 탐내는 것은 집안이 망하는 근본이다. 내가 들으니 너희 부부가 화목하게 지내지 못한다 하니 그러하고도 어찌 수신제가修身齊家를 하겠느냐? 옛날 제갈공명의 아내 황발부인은 비록 인물이 추하였으나 재주와 훌륭한 인품을 겸비하였기에 제갈공명의 도덕이 삼국에서 으뜸이었느니라. 제갈공명이 자신의 이름을 천하에 드러나게 한 것은 다 부인의 덕이라. 부인의 외모만 보고 경솔하게 버렸던들 바람과 구름을 변하게 하는 술법을 누구에게 배워 영웅호걸이 되었을 것이냐? 네 아내가 비록 예쁘지는 않아도 행실이 뛰어나며 재주가 비범할 것이니 부디 가볍게 여기지 마라. 부모가 사랑하는 개와 말이 있으면 자식 또한 따라서 사랑하는 것이 그 부모를 위함이라. 하물며 내가 총애하는 사람을 박대한다면 이는 부모를 박대하는 것이니 어찌 부모를 섬긴다 하겠느냐? 그런고로 인륜이 패망하는 것이니 부디 각별히 조심하여 예법을 어기지 마라."

시백이 아버지의 말을 듣고 머리를 조아려 사죄하며 말했다.

"사람을 알아보지 못하고 인륜을 저버렸으니 만 번 죽는다 해도 할 말이 없사옵니다. 후에 어찌 다시 아버님의 교훈을 버리겠나이까?"

상공이 또 말했다.

"네가 그렇게 알고 있으니 다행이로다. 오늘부터 너희 부부가 화목하게 지내는 모습을 보이도록 하여라."

시백은 아버지의 명령을 거역할 수 없었다. 억지로 부인을 사랑하는 정이 있는 척하고 박씨가 거처하는 내당으로 들어갔다. 그러나 박씨의 얼굴을 보자 아버지의 가르침은 어느덧 달아나고 말았다. 오히려 박씨를 미워하는 마음이 전보다 더하였다. 내당에 들어가면 등잔 뒤에서 부채로 얼굴을 가리고 밤을 지새다가 새벽닭이 울기가 무섭게 나오기가 예사였다. 밤을 지새우고 새벽이 되면 부모 앞에 가서 천연덕스럽게 문안 인사를 하니 상공이 어찌 이런 줄을 알리오.

상공이 하루는 노복들을 꾸짖었다.

"들으니 너희가 어진 상전을 몰라보고 멸시한다 하니, 만일 또다시 그렇게 한다는 말이 들리면 너희를 죽을 지경에 이르도록 엄히 다스리리라."

노복들은 상공의 훈계를 듣고 황공하여 사죄하였다.

이때 부인이 박씨를 몹시 언짢게 여겨 시비 계화를 불러 놓고 말했다.

"가운이 불행하여 수많은 사람 중에 저런 것을 며느리라고 얻었도다. 게을러 잠만 자고, 바느질이나 길쌈은 못하는 것이 밥만 많이 먹고 있으니 어디다 쓰겠느냐? 이후로는 아침밥과 저녁밥을 적게 먹이리라."

이렇듯 부인이 박씨의 허물을 들추어 험담을 하니 친척도 화목하지 못하였다.

박씨는 여러 사람이 구박하는 것에 냉소로 대꾸하였다. 하루는 시비 계화를 불러 말했다.

"대감께 여쭐 말씀이 있으니 사랑에 나아가 여쭈어라."

계화가 명을 받고 즉시 나아가 그 말씀을 상공께 고했다. 상공이 바로 박씨의 방에 들어가니 박씨가 한숨을 쉬고 나서 여쭈었다.

"제 팔자가 박복하여 얼굴이 추하고 더럽게 생겨 부모님께 효도도 못하옵고 부부간에 금슬도 없고 가정의 화목도 이루지 못하오니 저는 아무짝에도 쓸모없사옵니다. 저를 자식으로 여기신다면 후원에 작은 초당을 지어 주시면 좋을 듯하옵니다."

박씨는 말을 마치자 눈물을 흘렸다. 상공이 그 모습을 보고 같이 눈물을 흘리면서 불쌍히 여겨 말했다.

"내 자식이 미련하여 아비의 가르침을 듣지 아니하고 너를 박대하니 이는 가운이 불길한 탓이다. 그렇지만 내가 때때로 훈계할 것이니 너는 안심하라."

박씨는 그 말을 듣고 감격하여 다시 여쭈었다.

"대감의 말씀을 들으니 황공하고도 감사하옵니다. 하지만 이는 모두 저의 얼굴이 추하고 덕행이 없는 탓이오니 누구를 원망하오리까? 다만 저의 소원대로 후원에 작은 초당을 지어 주시기를 바라옵나이다."

상공이 대답했다.

"네 뜻대로 하겠다."

상공은 외당으로 나오자마자 시백을 불러 또 꾸짖었다.

"네가 내 훈계를 거역하니 어디다 쓰겠느냐. 효도를 모르는 놈이 충성을 어찌 알리오? 네가 아비 명을 듣고도 마음을 고치지 않으면 부자간의 의리는 고사하고 네 아내가 원망을 품을 것이다. 여자는 편벽된 성질을 지니고 있어 뒷일을 모를 뿐 아니라 부녀자가 한을 품으면 오뉴월에도 서리가 내린다 하였느니라. 네가 어찌하여 아비 명을 듣지 아니하느냐? 만일 네 아내가 독수공방하면서 슬피 지내다가 불행하게도 목숨을 끊는다면, 첫째는 조상들에게 용납받지 못할 죄인이 되는 것이요, 둘째는 집안의 재앙이 될 것이니라. 어찌 근심하지 않겠느냐? 너는 어찌된 사람이관데 미색만 탐내느냐?"

시백이 땅에 엎드려 사죄하면서 말했다.

"소자가 불초하여 아버님의 교훈을 거역하고 부부간에 화목하게 지내지 못하였사오니 이 죄 죽어도 마땅하옵나이다. 어찌 다시 거역하오리까?"

 시백은 상공에게 용서를 구하고 자기 방으로 돌아와 다짐을 했다.
 '이후로 다시는 그렇게 하지 않으리라.'
 시백은 마음을 가다듬고 다시 박씨 방으로 들어갔다. 그러나 박씨의 얼굴을 본즉 눈이 저절로 감기고 기절할 지경이었다. 아무리 마음을 굳게 먹고자 한들 그 괴물을 보고 어찌 감동하리오?
 상공이 그 사실을 알고 박씨의 소원대로 후원에 작은 초당을 지어 주었다. 그리고 시비 계화를 박씨와 함께 거처하게 하였다.

박씨, 하룻밤 사이에 시아버지의 조복을 지어 올리다

이때 임금이 상공의 벼슬을 올려 주시고 전교*를 내려 다음 날 입조*하라고 하셨다. 상공은 임금이 계신 북쪽을 향해 네 번 절하는 것으로 우선 감사의 인사를 올렸다. 그런데 한 가지 걱정거리가 생겼다. 당장 대궐에 입고 갈 조복*이 없었던 것이다. 부인에게 조복 지을 걱정을 했다.

"옛 옷은 색이 바랬고 새 옷은 미처 준비하지 못하였는지라. 내일 입조하라는 전교가 있으니 하룻밤 사이에 어떻게 준비를 하리오?"

부인이 이 말을 듣고 대답했다.

"일이 급하오니 아무쪼록 바느질을 잘하는 사람을 얻어서 지어 보겠나이다."

계화는 상공 부부가 조복 지을 일 때문에 걱정하고 있다는 얘기를 들었다. 즉시 초당으로 달려가서 박씨에게 상공의 벼슬이 오른 사실과 조복 짓는 일로 걱정하고 있다는 얘기를 전했다.

박씨가 듣고 계화에게 말했다.

"일이 급하다. 빨리 조복 지을 옷감을 가져오라."

계화는 박씨의 명을 듣고 이상하게 여기면서 급히 상공께 여쭈었다. 상공이 크게 기뻐하며 말했다.

"나의 며느리가 신선의 여식이라 반드시 비상한 재주가 있으리라."

상공은 계화에게 조복 지을 옷감을 빨리 갖다 주라고 하였다. 이를 듣고 상공의 부인이 크게 웃으며 말했다.

"제가 생긴 것이 그러하고도 무슨 재주가 있으리오?"

* 전교(傳敎) | 임금이 명령을 내리는 일.
* 입조(入朝) | 벼슬아치가 조정 회의에 들어가는 일.
* 조복(朝服) | 관원이 조정에 들어가 조회할 때 입는 옷.

이 소리를 들은 다른 사람도 빈정거렸다.

"틀림없이 옷감만 버릴 것이니 들여보내지 않는 것이 옳다."

상공이 웃으며 말했다.

"속담에 이르기를, '좋은 백옥이 진흙 속에 묻혀 있고, 보배 구슬이 돌 속에 들었으되 안목이 없으면 알아보지 못한다.' 하였느니라. 본래 인품人品은 헤아리기 어려운지라. 부인은 어찌 남의 본심을 그렇게 가볍게 알고 말씀을 하시느뇨?"

부인이 상공의 말씀을 거역하지 못하여 조복 지을 옷감을 초당으로 보내고 적이 염려를 하고 있었다.

계화가 박씨에게 조복 지을 옷감을 드리니 박씨가 말했다.

"이 옷은 혼자 지을 옷이 아니니 나를 도와줄 몇 사람을 청하여 오라."

계화가 이 말씀을 상공께 여쭈니 상공이 바느질 도와줄 사람을 구해 박씨에게 보내었다. 박씨는 등불을 밝히고 옷을 짓기 시작했다. 솜씨를 보니 수놓는 법은 육십사괘 같고 바느질은 월궁항아* 같았다. 대여섯 사람이 할 일을 혼자 하고, 이삼 일 할 일을 하룻밤 만에 해서 내놓았다. 완성된 조복을 보니 앞쪽에는 봉황수를 놓고 뒤쪽에는 청학수를 놓았는데, 봉황은 춤을 추고 청학은 날아드는 형상이었다. 바느질을 도와주던 사람들이 탄식하며 말했다.

"우리는 다만 우러러 볼 뿐 따를 수가 없도다."

모두 박씨의 바느질 솜씨에 놀라는 모습이었다.

박씨가 조복을 다 짓고 나서 계화를 불러 말했다.

"조복을 대감께 갖다 드려라."

계화가 조복을 받아 들고 나와 상공께 드리니 공이 크게 칭찬했다.

 "이것은 신선의 솜씨요, 인간의 솜씨가 아니로다."

 상공이 조복을 입고 궁궐로 들어가 임금께 절을 올리니 임금께서 상공의 조복을 자세히 보시다가 물었다.

 "경의 조복은 누가 지었느뇨?"

 "신의 며느리가 지었나이다."

 "훌륭한 솜씨를 지닌 며느리를 두고 추위와 배고픔에 허덕이게 하고, 또 독수공방하게 하는 것은 어찌된 일이뇨?"

 상공이 크게 놀라 땅에 엎드려 아뢰었다.

 "황송하오나 전하께서는 어찌 이렇게 명백하게 아시나이까?"

 "경의 조복을 보니 뒷면에 붙인 청학은 신선 세계를 떠나 넓은 바다로 왕래하며 굶주리는 형상이요, 앞면에 붙인 봉황은 짝을 잃고 우는 형상이 분명하니 그것을 보고 짐작하였노라."

 "신이 지혜롭지 못한 탓이로소이다."

 "어쩐 일로 독수공방을 하느뇨?"

 "신의 자식이 아비의 가르침을 받들지 아니하고 부부가 화목하게 지내지 못한 탓이로소이다."

 "독수공방은 그러하거니와 매일 추위와 굶주림을 견디지 못하여 항상 눈물로 세월을 보냄은 또 어쩐 일이뇨?"

 상공이 황송하여 어쩔 줄 몰라 주저하다가 다시 아뢰었다.

---

* 월궁항아(月宮姮娥) | 달나라의 선녀인 항아를 일컬음.

"신은 외당에 거처하기에 내당 일은 잘 알지 못하옵나이다. 그러나 이는 다 신이 어리석고 둔한 탓이오니 죄를 받아 마땅하옵니다."

"알 수 없는 일이로다. 경의 며느리가 비록 아름답지 못하나 영웅의 풍채를 지녔도다. 박대하지 마라. 짐이 매일 백미 서 말씩 줄 것이니 한 끼에 한 말씩 밥을 지어 먹여라. 그리고 경의 집안사람들이 박대하는 것을 각별히 조심하라."

상공이 임금께 하직 인사를 올리고 집으로 돌아와 집안의 모든 사람을 불러 모았다. 부인에게 임금의 전교를 낱낱이 이른 뒤 또 시백을 불러 크게 꾸짖었다.

"부모의 마음을 편하게 하는 것이 자식의 효성이요, 임금의 마음을 편안하게 하는 것과 나라를 태평하게 하는 것이 신하의 충성이라. 네가 아비의 말을 듣지 않고 마음대로 하여 아비에게 황송한 전교를 받게 하고, 또 여러 동료에게 꾸지람을 듣게 하니 이는 다 너의 불효로다."

상공은 분을 참지 못하고 또다시 큰소리로 꾸짖었다.

"너 같은 자식을 무엇에 쓰리오?"

시백이 아버지의 꾸지람을 듣고 황송하여 땅에 엎드려 사죄했다.

"소자가 불초하여 아버님의 교훈을 거역하였사옵니다. 아버님께옵서 전하의 황송한 처분과 대신들의 무거운 책망을 당하시게 한 죄 죽어도 마땅하옵니다. 이같이 진노하시니 황공무지로소이다."

상공이 더욱 분노하여 말을 하지 않고 있다가 한참 뒤 다시 임금의 전교를 낱낱이 이르며 말했다.

"네가 다시 아비 말을 거역한다면, 첫째는 나라에 불충이 될 것이요, 둘째는 부모에게 불효막심할 것이니 각별히 조심하여라."

이 일이 있은 뒤부터 시백과 집안사람들이 박씨를 대하는 태도가 조금 달라졌다.

한편 박씨에게 매일 서 말씩 밥을 지어 드리니 박씨는 그 밥을 능히 다 먹었다. 이를 구경하는 사람들이 다 놀라며 박씨를 여장군이라 일컬었다.

비루한 말을 준마로 길러 재산을 늘리다

하루는 박씨가 계화를 불러 말했다.

"대감께 여쭐 말씀이 있으니 가서 여쭈어라."

계화가 명을 받고 나와 상공께 아뢰니, 상공이 즉시 내당으로 들어가 물었다.

"알 수 없는 일이로구나. 무슨 말인지 듣고자 하노라."

"집안 형편이 비록 구차하지 않다고 하더라도 오히려 넉넉하지 않으니 제 말씀대로 하옵소서."

"어떻게 하자는 말인고? 자세히 이르라."

"내일 종로에 가면 전국 각처에서 말을 팔려고 온 사람들이 모여 있을 것입니다. 그들이 가져온 말 중에 작은 말 하나가 있을 것입니다. 그 말은 비루*하고 삐쩍 말라서 모양은 볼 것이 없을 것이옵니다. 착실한 노복에게 돈 삼백 냥을 주어 그 말을 사 오라고 하옵소서."

상공이 듣고 보니 박씨의 말이 허황되었다. 그러나 이미 며느리가 보통 사람과 다른 줄 알고 있는지라 즉시 허락하였다. 곧바로 착실한 노복을 불러 분부를 내렸다.

*비루 | 개나 나귀 · 말 따위 짐승의 피부가 헐고 털이 빠지는 병.

"내일 종로에 나가면 말 장수들이 모여 있을 것이다. 너희가 가서 말 한 필을 사 오거라. 다만 많은 말 가운데 비루먹고 파리한 망아지 한 마리가 있을 것이니 돈 삼백 냥을 주고 그 말을 사 오거라."

노복들이 돈을 받아 가지고 밖으로 나와서 서로 이야기를 했다.

"대감께옵서 무슨 연고로 비루먹고 파리한 말을 삼백 냥이나 주고 사 오라고 하시는지 모르겠다. 참으로 괴이하도다."

이튿날 노복들이 삼백 냥을 가지고 종로에 나가 본즉 과연 말 장수들이 모여 있었다. 그중 비루먹고 파리한 망아지를 찾아 말 임자에게 값을 물으니, 말 임자가 대답했다.

"그 말 값은 닷 냥이오. 그런데 좋은 말이 많은데 저렇게 용렬한 것을 사다가 무엇을 하려 하느뇨? 좋은 말을 사시오."

"우리 대감님의 분부가 그러하기에 사려고 하나이다."

"그러면 닷 냥만 내고 가져가시오."

"우리 대감님께서 삼백 냥을 내고 사 오라고 하셨으니 삼백 냥에 주시오."

"본 값이 닷 냥인데 어찌 비싼 값을 받으라고 하느뇨?"

"대감님 분부대로 주는 것이니 여러 말 말고 받으시오."

말 임자는 영문을 몰라 의심하면서 굳이 사양하고 받지 않았다. 노복들도 어찌할 수가 없어 억지로 백 냥만 주고 이백 냥은 숨겨 두었다. 그리고 말을 이끌고 돌아와 상공에게 아뢰었다.

"종로에 가니 과연 대감님께서 찾으시는 망아지가 있어서 삼백 냥을 주고 사 왔나이다."

상공은 며느리에게 즉시 말 사 온 이야기를

하였다. 박씨는 노복에게 말을 가져오게 하여 자세히 들여다보다가 말했다.

"이 말은 삼백 냥이나 되는 비싼 값을 주어야 쓸 데가 있사옵니다. 그런데 무지한 노복들이 이백 냥은 숨겨 놓고 백 냥만 주고 사 왔으니 쓸데없사옵니다. 도로 갖다 주라고 하옵소서."

상공이 이 말을 듣고 박씨의 신명함에 탄복하고 즉시 외당으로 나와 노복들을 불러 크게 꾸짖었다.

"너희가 말 값 삼백 냥 중에 이백 냥은 감추고 백 냥만 주고 사 왔으니 상전을 속인 죄는 이후에 엄히 다스리겠다. 어서 빨리 숨겨 놓은 돈 이백 냥을 가지고 가서 말 주인에게 주고 오너라. 만일 지체하면 너희 목숨은 보전하지 못하리라."

노복들이 사죄하면서 말했다.

"이같이 명백하게 알고 계시니 어찌 속이겠나이까? 저희가 대감님 분부대로 삼백 냥을 전부 주었으나 말 주인이 그 말의 본래 값이 닷 냥이라고 하면서 받지 않기에 할 수 없이 억지로 백 냥만 주고 이백 냥은 감추었나이다. 귀신같이 알아 버렸사오니 소인들의 죄는 만 번 죽어도 마땅하옵니다."

노복들은 즉시 종로에 다시 나가 그 말 장수를 찾아 이백 냥을 주면서 말했다.

"이 사람아. 고집스럽게 주는 돈을 받지 않아서 우리가 상전에게 벌을 받게 되었으니 어찌 하겠는가?"

노복들은 나머지 이백 냥을 말 장수에게 억지로 주고 돌아와 상공에게 아뢰었다.

"말 장수를 찾아 이백 냥을 주었나이다."

상공이 즉시 내당에 들어가 박씨에게 얘기를 하자 박씨가 말했다.

"그 말을 먹일 때 꼭 지켜야 할 것이 있사옵니다. 반드시 한 끼에 보리 석 되와 콩 석 되를 넣어 죽을 쑤어서 먹이게 하옵소서. 삼 년 동안 이를 철저히 지켜 먹이소서."

상공이 노복들을 불러 박씨의 말대로 분부하였다.

한편 시백은 부친의 명을 거역하지 못하여 억지로 박씨의 방에 들어가 함께 자려고 하였다. 그러나 얼굴을 보면 같이 있을 마음이 사라지곤 하였다. 이러기를 계속하니 부부의 정은 점점 더 멀어져만 갔다.

이때 박씨는 초당 이름을 '피화당避禍堂'이라 짓고 현판을 써서 붙였다. 그리고 시비 계화에게 명령하여 후원의 협실 전후 좌우에 갖가지 나무를 심고, 다섯 가지 색깔의 흙을 가져다가 나무뿌리에 뿌리게 했다. 동쪽에는 청색 기운에 대응하여 청토靑土로 북돋우게 하고, 서쪽에는 백색 기운에 대응하여 백토白土로 북돋우게 하고, 남쪽에는 적색 기운에 대응하여 적토赤土로 북돋우게 하고, 북쪽에는 흑색 기운에 대응하여 흑토

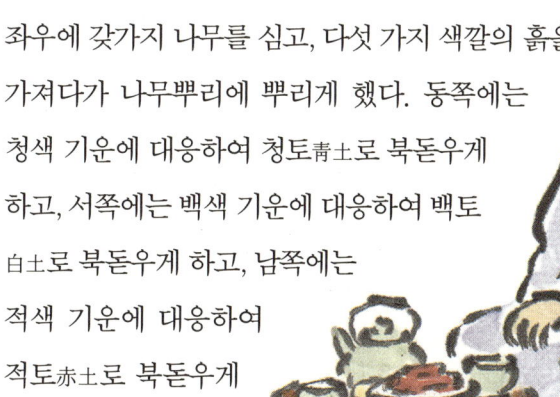

黑土로 북돋우게 하고, 중앙에는 황색 기운에 대응하여 황토黃土로 북돋우게 하였다. 또 때를 맞추어 물을 정성껏 주게 하였다.

나무들이 일취월장日就月將하여 모양이 엄숙해졌다. 신기한 일도 일어났다. 나무에 다섯 가지 색깔의 구름이 자욱하게 덮였는데, 나뭇가지에는 용이 서린 듯하고, 잎에는 호랑이가 호령하는 듯하였다. 그 나무들 중에서 갖가지 색깔의 새와 무수한 뱀이 변화하는 형상이 무궁하니 그 신기한 재주는 귀신과도 비교할 수 없었다. 이러하니 무식한 사람이야 어찌 알아보리오?

하루는 상공이 계화를 불러 물었다.

"요즘엔 박씨가 무엇을 하며 소일하더냐?"

"후원에 갖가지 색깔의 나무를 심고, 소녀로 하여금 때를 맞추어 물을 주어 기르라 하시더이다."

상공이 듣고는 계화를 따라 후원으로 가 보았다. 후원의 좌우를 살펴보니, 갖가지 색깔의 나무가 사방에 무성한데 모습이 엄숙하여 똑바로 쳐다보기가 어려웠다. 계화를 붙들고 겨우 정신을 차려 보니 나무는 용과 호랑이가 변화하여 바람과 비를 이루려 하고, 나뭇가지는 무수한 새와 뱀이 머리와 꼬리를 맞닿은 듯하여 변화가 무궁하였다. 상공이 놀라 탄식하며 말했다.

"이 사람은 곧 신인이로다. 여자로서 이 같은 영웅의 기개를 품었으니 신명한 재주를 이루 측량하지 못하리라."

상공은 다시 박씨에게 물었다.

"저 나무를 무슨 일로 심었느냐? 또 이 집 이름을 피화당이라고 한

이유를 알 수 없구나. 어쩐 일이냐?"

"길흉화복吉凶禍福은 인간사에 흔히 있는 일이옵나이다. 나중에 급한 일이 있으면 이 나무로 미리 지키고 대비하려고 심었나이다."

상공이 그 말을 듣고 까닭을 물으니 박씨가 아뢰었다.

"어찌 천기를 누설하겠나이까. 나중에 자연스럽게 아실 때가 있사오리니 누설치 마옵소서."

상공이 탄식하며 말했다.

"너는 실로 나 같은 사람의 며느리 되기가 아깝도다. 나의 팔자가 기박하여 무도한 자식이 아비의 가르침을 듣지 아니하고 부부간에 화목하지 못하고 허송세월을 하니 생전에 너희 부부가 화목함을 보지 못하리로다."

박씨가 옷깃을 똑바로 하고 위로하였다.

"저의 용모가 못나서 부부의 즐거움을 모르오니 이는 다 저의 죄입니다. 누구를 원망하겠나이까. 다만 제가 원하는 바는 가군*이 과거에 급제하여 부모에게 영화를 보게 하고, 입신양명立身揚名하여 나라를 충성으로 도와 용봉과 비간의 이름이 오랜 세월에 길이 남음을 본받은 후 다른 가문에서 처를 얻어 자손을 낳고 만수무강하는 것이옵니다. 이렇게 된다면 저는 죽어도 한이 없겠사옵나이다."

상공이 그 말을 듣고 박씨의 넓은 마음에 탄복하지 않을 수 없었다.

---

* 가군(家君) | 남에게 대하여 남편을 일컫는 말.
* 존구(尊舅) | 시아버지를 높여 부르는 말.

더욱 불쌍히 여기며 눈물을 흘리니 박씨가 황송하여 위로하였다.

"존구*는 잠깐 안심하소서. 아무 때라도 설마 화목할 때가 없겠사옵니까? 지나치게 근심하지 마옵소서."

박씨가 또다시 아뢰었다.

"가군의 허물을 드러내면 이는 곧 불효를 드러내는 것입니다. 가군의 불효를 지목하면 이는 다 저의 허물입니다. 이로 인해 제가 악명을 들을까 걱정스럽사옵니다."

상공이 듣고 박씨의 아량과 충직함을 무수히 칭찬하였다.

한편 박씨가 망아지를 기른 지 삼 년이 되었다. 망아지는 어느덧 준마가 되어 있었다. 박씨가 상공께 아뢰었다.

"모월 모일에 명나라 칙사*가 우리나라로 올 것이니 그 말을 가져다가 칙사가 오는 길에 매어 두소서. 칙사가 그 말을 보고 사려고 할 것이옵니다. 노복에게 시켜 삼만 냥을 받고 팔아 오라고 하옵소서."

상공은 박씨의 말을 듣고 칙사가 나오기를 기다렸다. 과연 며느리가 말한 날이 되자 명나라에서 칙사가 나온다고 하였다. 상공은 노복을 시켜 칙사가 오는 길에 말을 매어 두게 했다. 칙사가 지나가다가 그 말을 보고는 파는 말이냐고 물으니 노복이 대답했다.

"팔 말이옵니다."

"값은 얼마나 받으려 하느냐?"

"값은 삼만 냥이로소이다."

칙사는 크게 기뻐하며 아무 소리 없이 삼만 냥을 내고 말을 사 갔다. 노복이 돈을 받아 가지고 돌아와 상공께 말 팔던 사연을 낱낱이 아뢰었다. 삼만 금을 얻자 집안 살림은 부유해졌다. 상공이 박씨에게 물었다.

"삼만 냥을 받고 말을 팔았으니 알 수 없는 일이로구나. 어찌 된 까닭이뇨?"

"그 말은 한 번에 천 리를 가는 준마이옵니다. 그러나 조선은 작은 나라이기에 준마를 알아볼 사람도 없을 뿐만 아니라 지역이 좁아 쓸 곳이 없나이다. 반면에 명나라는 지역이 광활하여 족히 쓸 만합니다. 칙사는 준마를 알아보고 삼만 냥을 아끼지 않은 것입니다. 조선에서야 누가 준마를 알아보겠나이까? 그런고로 칙사에게 팔았나이다."

상공이 듣고 탄복하여 말했다.

"비록 여자일지라도 먼 앞날의 일을 환히 내다보는 재주가 있도다. 진실로 너의 재주가 아깝구나. 만일 남자로 태어났더라면 나라를 보필하는 충신이 될 것이었건만 여자로 태어난 것이 한이로다."

* 칙사(勅使) | 왕명을 받은 사신.

박씨의 길몽과 이시백의 장원급제

나라에는 큰일이 없고 백성은 평안하였다. 날씨도 온화하여 풍년이 들었다. 세월이 태평하니 조정에서는 인재를 뽑고자 하여 과거 시험 계획을 발표하였다. 시백은 과거가 있다는 말을 듣고 과거에 응시하고자 하였다.

시백이 과거를 보러 가기 전날이었다. 박씨는 꿈을 꾸었다. 후원 연못 가운데 화초가 만발하였고, 그 주위를 나비와 벌이 날아들고 있었다. 그중에 푸른 옥으로 된 연적이 있었는데 갑자기 변하여 청룡이 되었다. 청룡은 푸른 바다로 가서 노닐다가 여의주를 얻어 물고는 구름을 타고 옥경으로 올라갔다. 박씨가 잠에서 깨어 생각하니 한 꿈이었다. 잠을 이루지 못하고 이 생각 저 생각을 하며 앉아 있자 곧 새벽닭이 울었다. 급히 후원으로 달려 나갔다. 과연 그곳에는 푸른 옥으로 된 연적이 놓여 있었다. 그것을 자세히 보니 꿈속에서 본 그 연적이 분명하였다. 연적을 갖다 놓고 계화에게 명하였다.

"서방님께 여쭐 말씀이 있사오니 잠깐 다녀가라고 아뢰어라."

계화가 박씨의 말을 시백에게 전했다.

시백이 듣고 정색을 하며 꾸짖었다.

"요망한 박씨가 어찌 감히 나를 청하느뇨?"

계화는 시백의 꾸지람을 듣고 근심을 하며 들어와 부인께 그 사연을 고했다. 박씨는 계화에게 다시 명하였다.

"잠깐 들어오시면 드릴 것이 있으니 한 번 수고를 아끼지 마시라고 아뢰어라."

계화가 다시 전하였다.

시백이 듣고는 또 화를 내며 꾸짖었다.

"요망한 계화를 다스려 박씨의 요망함을 제어하리라."

시백은 계화를 잡아 크게 꾸짖고 곤장 삼십 대로 엄하게 다스린 뒤 물리쳤다. 계화는 곤장을 맞고 울면서 박씨에게로 갔다. 박씨가 보고 크게 놀라 하늘을 우러르며 탄식했다.

"슬프다! 내 죄 때문에 죄 없는 네가 엄한 벌을 당하였으니 이같이 분한 일이 어디 있으리오?"

박씨는 다시 계화에게 연적을 주면서 말했다.

"이 연적을 서방님께 갖다 드려라. 그리고 이 연적의 물로 먹을 갈아서 글을 지어 바치면 장원급제할 것이라고 아뢰어라. 또 입신양명하시거든 부모님 앞에 영화를 돌리고, 가문을 빛낸 뒤 나 같은 박명한 사람은 생각지 말고 훌륭한 가문의 요조숙녀를 취하여 태평하게 해로하시라고 아뢰어라."

계화는 명을 받고 시백에게 가서 전후사연을 아뢰었다. 시백은 계화의 말을 듣고 난 뒤 연적을 받아 들었다. 연적을 자세히 보니 천하에 둘도 없는 보배였다. 시백은 자신의 허물을 뉘우치고 스스로 책망하며 박씨에게 전갈하였다.

"나의 용렬함은 부인의 넓은 마음으로 풀어 버리시옵소서. 태평하게 동락하기를 바라나이다."

또 계화를 다시 불러 죄가 없음에도 불구하고 엄히 다스린 것을 탄식하며 좋은 말로 타일렀다.

다음 날 시백은 연적을 들고 과거 시험장에 들어갔다. 문제가 나오자 시험지를 펼쳐 놓고 연적의 물로 먹을 갈아 일필휘지一筆揮之하여 가장 먼저 제출하였다.

시백이 글을 바치고 결과를 기다린 지 얼마 안 되어 방이 걸렸다. 그 방에는 '장원에 이시백이라.' 고 쓰여 있었다. 높은 춘당대*에서는 신래*를 재촉하는 소리가 장안에 진동하였다. 시백이 국궁*하고 대궐 아래에 입시하였다. 임금께서 시백을 가까이 오라 하시고 지긋이 보시다가 칭찬을 마지않으시며 충성을 다하라고 당부하셨다.

시백은 사은숙배謝恩肅拜하고 집으로 발걸음을 향했다. 집으로 돌아오는 차림은 그야말로 장관이었다. 어사화를 머리에 꽂고, 금옥대는 허리에 두르고, 말 위에 반듯하게 앉으니 풍채도 좋거니와 기구도 찬란하였다. 청홍기*를 앞세우고 사면에서는 육각* 소리가 진동하며 한

---

* 춘당대(春堂臺) | 과거 시험장으로 쓰였던, 창경궁 안에 있는 대.
* 신래(新來) | 과거에 새로 급제한 사람.
* 국궁(鞠躬) | 존경하는 뜻으로 몸을 굽힘.
* 청홍기(靑紅旗) | 과거에 급제한 사람이 유가(遊街)할 때 풍류와 함께 앞세우던 의장의 한 가지.
* 육각(六角) | 북, 장구, 해금, 피리, 태평소 한 쌍의 총칭.

소년이 말 위에 침착하게 앉아 물밀 듯이 나오니 그 모습은 짐짓 지상 선인의 형상이었다. 이를 보고 칭찬하지 않는 이가 없었다.

시백이 집에 돌아오자 집에서는 며칠 동안 큰 잔치를 베풀었다. 그러나 이 같은 경사에도 박씨는 참여하지 못하고 홀로 적막한 초당에 있어야만 했다. 계화는 박씨가 적막한 빈방에서 고초를 견디는 것을 보고 가련히 여겨 박씨에게 아뢰었다.

"요사이 경사로운 일로 수일 동안 잔치를 베풀어 일가친척이 모두 모여 즐기옵니다. 부인만 홀로 참여하지 못하옵고 적막한 초당에서 수심 가득한 모습으로 세월을 보내시니, 제가 뵈옵기에도 가슴이 답답하여 딱하고 걱정스럽습니다."

박씨가 천연히 말했다.

"사람의 길흉화복은 하늘에 달려 있으니 무슨 슬픔이 있으리오?"

계화가 박씨의 말을 듣고는 속으로 관대하고 어진 박씨의 마음에 탄복하였다.

세월이 흘러 박씨가 시집온 지 이미 사 년이 되었다. 박씨는 시집에서 고생스럽게 지내는 슬픔을 견디지 못하여 상공께 아뢰었다.

"제가 시집온 지 사 년이 되었어도 친정 소식을 듣지 못하였사옵니다. 잠깐 친정에 다녀오고자 하옵나이다."

"이곳에서 너의 친정까지는 수백 리나 떨어져 있고, 길도 험해 남자도 쉽게 출입하기가 어렵거늘 규중 여자로 어찌 왕래하려고 하는고?"

"길이 험해 출입하기가 어려운 줄 아옵니다만 염려 마시고 다녀오게 하옵소서."

"네가 부득이 간다 하니 말리지 못하겠구나. 내일 행장을 차려 줄 것이니 다녀오라."

"행장은 그만두시옵소서. 제가 단기單騎로 수삼 일 안에 다녀오겠나이다. 다만, 제가 친정에 다녀온다는 말이 밖으로 나가지 말게 하옵소서."

상공은 며느리의 재주를 알고 있어 허락을 하였으나, 그 곡절을 알 수 없어 근심스러웠다. 박씨의 안부가 염려되어 불안한 나날을 보내야만 했다.

박씨는 초당으로 돌아와 계화를 불러 말했다.

"내 잠깐 친정에 다녀올 것이니, 너만 알고 소문을 내지 마라."

박씨는 계화에게 훈계를 하고 그날 밤에 홀로 떠났다.

수삼 일이 지나자 박씨가 과연 돌아와 상공께 안부를 여쭈었다. 상공이 보고 한편으로는 놀라고 한편으로는 기뻐하면서 말했다.

"자네의 신기한 술법은 귀신도 측량하지 못하리로다. 부모님께서는 모두 안녕하신가?"

"아직 한결같사옵니다. 아버님께서 모월 모일에 오신다 하시더이다."

상공은 박씨의 말을 듣고 매일 처사가 오기를 기다렸다.

처사가 온다는 날이 되었다. 상공이 홀로 외당에 앉아 있으니 박 처사가 들어왔다. 상공은 의관을 바로 고쳐 입고, 당에 내려가 박 처사를 영접하였다. 손님을 맞이하는 예의를 다한 후 자리를 정해 앉았다. 두 사람은 술잔을 나누며 그동안 지내던 사연을 이야기했다. 술이 그윽해지자 상공이 처사에게 말했다.

"사돈 어르신을 뵈오니 반가운 마음을 비길 데가 없사옵니다. 그러나 한편으로는 송구스런 마음을 헤아릴 길 없나이다."

"무슨 말씀이신지 듣고자 하나이다."

"제 자식이 영애*를 박대하여 부부가 화목하지 못하기에 매번 제 자식을 훈계하였으나 끝내 아비 명을 거역하오니 어찌 불안하지 않겠사옵니까?"

"공의 넓으신 덕으로 나의 추한 딸을 더럽다 아니하시고, 지금까지 슬하에 두고 계시니 극히 감사하옵니다. 이같이 말씀하시니 오히려 제가 송구하옵니다. 사람 팔자가 길하고 흉한 것과 고통스럽고 즐거운 것은 하늘에 달려 있사오니 지나치게 염려하지 마옵소서."

상공이 처사의 말을 듣고는 더욱 부끄럽게 여겼다.

상공과 처사는 날마다 바둑을 두면서 혹은 퉁소를 불면서 소일하였다. 하루는 처사가 딸의 방에 들어가 딸에게 조용히 말했다.

"너의 나쁜 운이 이제 다하였으니 추하고 더러운 허물을 벗을 것이로다."

처사는 딸에게 허물을 벗는 술법을 가르치고 다시 말했다.

"네가 둔갑 변화하여 추하고 더러운 허물을 벗은 후에도 그 허물을

---

* 영애(令愛) | 남의 딸을 높여 이르는 말.

버리지 마라. 부공께 고하여 옥함을 만들어 달라고 해서 그 속에다 허물을 넣어 두어라."

처사는 딸에게 당부를 하고 밖으로 나왔다.

처사는 딸과 작별을 하고 외당으로 나와 상공에게도 작별을 고했다. 상공은 며칠 더 머물기를 청했다. 처사는 상공의 말을 듣지 않고 곧바로 길을 떠나려 하였다. 상공은 할 수 없이 술자리를 베풀어 이별의 정을 나눈 뒤 문밖에서 전별하였다. 이때 문득 처사가 상공에게 말했다.

"지금 작별하면 다시 상봉하기 어려우니 내내 탈 없이 지내옵고 복록을 누리소서."

상공이 크게 놀라 말했다.

"이 어찌된 말씀인지 알고자 하나이다."

"피차에 떠나고 다시 만날 기한이 없는 슬픔은 한 입으로 말하기 곤란히옵니다. 지금 이별한 후에 입신하오면 다시 인간 세상에 나오기가 어려워 그리 말씀하나이다."

상공과 처사는 슬픈 마음을 억제하지 못하고 부득이 작별을 했다.

추한 허물을 벗은 박씨, 시백의 뒤늦은 후회

박 처사가 떠난 뒤 박씨는 목욕재계하고 둔갑법을 행하여 더러운 허물을 벗어 던졌다. 날이 밝기가 무섭게 박씨는 계화를 불러들였다. 계화가 박씨의 부름을 받고 급히 방으로 들어갔다. 홀연 예전에는 없던 절세가인絶世佳人이 방 안에 앉아 있었다. 계화가 눈을 씻고 자세히 보니 아리따운 얼굴과 기이한 태도는 월궁항아와 무산신녀*라도 미치지 못할 지경이었다. 한 번 보고 정신이 어질하여 숨도 못 쉬고 멀리 앉아 있었다. 그때 박씨가 꽃과 같은 얼굴을 들면서 붉은 입술을 반쯤 열고 계화에게 말했다.

"내가 지금 허물을 벗었으니 밖에 나가 떠들지 말고 대감께 고하여 옥함을 만들어 달라고 해라."

계화가 명을 받고 급히 외당으로 나오는데, 얼굴에는 기쁜 빛이 가득하니 상공이 반기며 물었다.

"무슨 좋은 일이 있기에 네 얼굴에 기쁜 빛이 가득하뇨?"

"피화당에 신기한 일이 있으니 급히 들어가 보옵소서."

상공이 괴상하게 여기고 계화를 따라 급히 피화당으로 달려갔다.

* 무산신녀(巫山神女) | 비할 데 없이 아름다운 선녀를 일컬음.

육십일

방문을 열어 보니 이상야릇한 향기가 코를 찌르는데 그 안에는 한 미인이 앉아 있었다. 아리땁고 화려하면서도 얌전하고 점잖게 앉은 모습이 짐짓 요조숙녀의 자태요, 절세미인의 모습이었다. 방 안의 여인이 부끄러움을 머금고 일어나서 상공을 맞이하였다. 상공이 속으로 이상하다고 생각하면서 도리어 말을 잇지 못하고 있었다. 계화가 상공께 아뢰었다.

　"부인이 지난밤에 허물을 벗고 대감께 청하여 옥함을 만들어 달라고 하십니다."

　상공이 그제야 며느리인줄 깨닫고 가까이 다가가 말했다.

　"네 어찌 이같이 절세가인이 되었느냐? 천고에 희한한 일이로다."

　"이제야 나쁜 운이 다하였기에 추하고 더러운 허물을 벗었사옵니다. 청컨대 옥함 하나를 만들어 주옵소서. 그 안에다 허물을 넣고자 하나이다."

　상공은 그 신기한 변화에 탄복하고 즉시 외당으로 나와서 옥을 다루는 장인을 불러 옥함을 만들게 하였다. 장인은 수일 만에 옥함을 만들어 왔다. 상공은 옥함을 박씨에게 보내고 시백을 불러 말했다.

　"바삐 들어가 네 아내를 보아라."

　시백은 아버지의 명을 듣고 안색을 찡그리며 생각했다.

　'그런 추한 인물에게 무슨 연고로 가 보라고 하시는고?'

　시백은 박씨에게 가기가 싫어 주저하고 있었다. 그사이에 계화가 바쁘게 나와 난간 밖에서 시백을 맞이하였다. 시백이 계화에게 물었다.

　"피화당에 무슨 연고가 있는데 네 얼굴에 기쁜 빛이 가득하느냐?"

"방에 들어가시면 자연히 알게 되옵나이다."

시백이 계화의 말을 듣고 더욱 궁금증이 일어나 급히 들어갔다. 문을 열고 들여다보니 한 부인이 단정히 앉아 있었다. 여인을 자세히 보니 월궁항아의 모습이요, 요조숙녀의 자태였다. 한 번 보자 정신이 아득해졌다. 마음이 취한 듯하고 홀린 듯하여 바삐 들어가 말을 나누고 싶었다. 그러나 안색을 잠깐 살펴보니 추풍한설秋風寒雪같이 싸늘한 기운이 감돌아 말을 붙이기가 어려웠다. 감히 들어가지 못하고 되돌아 나오면서 계화에게 물었다.

"전날의 흉한 인물은 어디 가고 어떻게 월궁항아와 같은 인물이 되었느냐?"

계화가 웃음을 머금고 아뢰었다.

"부인이 어젯밤에 둔갑법을 행하여 월궁항아와 같은 인물로 변하였사옵니다."

시백이 듣고 크게 놀라 스스로 지인지감*이 없음을 깊이 한탄하였다. 도리어 삼사 년 동안 박씨를 박대한 것을 후회하고, 부끄러움을 이기지 못하여 외당으로 나왔다. 외당으로 나와 상공을 뵈니 상공이 물었다.

"지금 들어가 보니 네 아내 얼굴이 어떠하더냐?" 시백이 황송하여 대답을 하지 못하고 있자 상공이 다시 말했다.

"사람의 길흉화복은 임의로 못하는 것이다. 네게 의탁한 사람을 삼사 년 동안 박대하였으니 무슨 면목으로 아내를 대하려 하느냐? 지감이 저러해서 어찌 공명을 바라겠는가? 매사를 이같이 하지 마라."

시백은 땅에 엎드려 아버지의 명을 듣고 더욱 황송하여 묵묵부답하다가 밖으로 나갔다. 날이 저물자 시백은 피화당으로 들어갔다. 박씨는 등불을 밝히고 앉아 있었다. 앉아 있는 자태가 매우 엄정하고 방 안에는 쌀쌀한 기운이 돌아 마치 서리가 내린 것 같았다. 시백은 감히 말을 걸지도 못하고 오히려 박씨가 먼저 말하기만 기다리고 있었다. 그러나 박씨도 끝끝내 한 마디 말도 없이 입을 다물고 앉아 있었다. 시백이 자신의 과오를 책망하며 말했다.

"부인이 이같이 하시는 것은 내가 수삼 년 동안 박대한 탓이로다."

시백이 스스로 탄식하기를 마지않았으나 부인은 시백의 말에 한 마디도 대꾸하지 않았다. 시백은 어찌할 수 없어 등불 아래에 앉아 있었다.

어느덧 새벽닭 울음소리가 마을 멀리에서 들려왔다. 시백은 외당으로 나와 세수를 하고 모친께 문안을 드리고 물러나왔다. 종일토록 서당에서 지내면서 마음을 정하지 못하고 있었다. 날이 저물기만 기다리다가 밤이 되자 다시 피화당에 들어갔다. 박씨의 엄숙함이 전일보다 더욱 심했다. 시백은 죄를 지은 사람처럼 앉아 있으며 박씨가 말할 때만 기다리고 있었다. 그러나 또다시 아무 말도 나누지 못한 채 밤이 밝았다. 묵묵히 나와 양친께 문안을 드리고 물러나왔다. 서당으로 돌아와 생각하니 후회막급이었다. 이렇듯 밤이 되면 피화당에 들어가 앉아서 밤을 새고, 낮이 되면 서당에 나와 앉아서 한탄하기를 여러 날 반복하다가 자연히 병이 되었다.

* 지인지감(知人知鑑) | 사람을 잘 알아보는 능력.

하루는 시백이 등불 아래에 앉아 생각했다.

'아내라고 얻은 것이 흉물이어서 한탄만 하고 지냈더니 지금은 월궁항아와 같은 미인이 되었도다. 그러나 말을 붙이지 못하여 골수에 병이 되었으니, 첫째는 나의 지감이 없는 탓이요, 둘째는 내가 어리석고 둔한 탓이요, 셋째는 아버지의 말씀을 듣지 않은 탓이로다.'

시백은 다시 정신을 진정하여 피화당에 들어가 박씨에게 사죄했다.

"부인의 침소에 여러 날 들어왔으나 한 쪽 방향으로만 향하여 정색을 하고 앉아서 마음을 풀지 아니하시니 이는 다 나의 허물이라. 누구를 원망하고 누구를 탓하리오? 부인으로 하여금 삼사 년 동안 빈방에서 고초를 겪게 한 죄는 무엇이라 변명하올 길 없사오니 부인은 마음을 돌이켜 사람을 구하소서. 나 죽기는 서럽지 않으나 양친 슬하에 불효를 끼치어 소년청춘에 비명횡사하오면 불효막심이요, 또한 지하에 간들 무슨 면목으로 조상의 혼령을 뵈오리까? 생각하오면 아주 곤혹스러운지라. 부인은 여러 번 생각하소서."

시백이 눈물을 뚝뚝 흘리며 이같이 말하니 박씨 마음이 약간 돌아섰다. 시백의 말을 듣고는 불쌍하고 딱한 마음이 일어났으나 꽃과 같이 예쁜 얼굴을 더욱 씩씩하게 하고 꾸짖었다.

"예부터 조선은 예의지방이라 하였사옵니다. 사람이 오륜을 모르면 어찌 예의를 알겠습니까? 그대는 아내가 박색이라 하여 삼사 년 동안 천대하였으니 부부유별夫婦有別은 어디 있사옵니까? 옛말에 '조강지처는 버리지 않는다.' 하였는데, 그대는 다만 미색만 생각하고 부부간의 도리는 생각하지 않았으니 어찌 덕을 알겠사옵니까? 처자의 마음이 깊고 얕음을 모르고 입신양명하여 어찌 보국안민輔國安民할 재주가 있으리오. 지식이 저다지 없을진대 효와 충을 어찌 알며 백성을 편안하게 할 도리는 어찌 알리오. 이후로는 효도를 다하여 수신제가修身齊家를 명심하소서. 첩이 비록 아녀자일지라도 낭군과 같은 남자는 부러워하지 않사옵니다."

박씨가 하는 말이 구구절절 이치에 맞았다. 그 태도 또한 엄정하였다. 시백은 자신이 한 일을 생각하고는 아무 말도 하지 못하였다. 부끄러운 마음을 어떻게 하지 못하고 누누이 사죄만 할 뿐이었다.

박씨가 시백을 한참동안 응시하다가 다시 입을 열었다.

"첩이 본래의 모습을 감춘 채 추하고 더럽게 하고 있었던 것은 군자로 하여금 미혹에 들지 못하게 하여 한마음으로 공부하게 함이요, 둔갑법을 행하여 허물을 벗은 후에도 첩이 말을 하지 않은 것은 군자로 하여금 과오를 스스로 깨닫게 하려는 것이었습니다. 본래의 모습으로 돌아와 한평생 마음을 풀지 않고자 하였으나 여자의 연약한 마음으로 장부를 속이지 못하여 옛 일을 풀어 헤쳐 버립니다. 부디 이후로는 명심하옵소서."

시백이 듣고 크게 기뻐하여 말했다.

"나는 인간 세계의 무식한 사람이요, 부인은 천상 세계의 선녀입니다. 부인은 넓은 아량을 가지고 있고, 보통 사람과는 달리 마음이 깨끗하고 밝으며 말이 순하고 씩씩합니다. 반면 나와 같이 누추한 인물은 지식이 얕고 짧아 착한 사람을 몰라봅니다. 나를 어찌 선인에 비하리오? 그런고로 부부가 화목하지 못하여 인륜을 폐할 지경에 이르렀사오니 지난 일을 다시 괘념치 마옵소서. 옛 성인이 이르기를, '지식이 있는 사람은 천 가지를 걱정하나 반드시 한 가지는 잃는다.'고 하였사오니 마음에 맺힌 것을 풀어 버리옵소서."

박씨가 자리를 고쳐 앉으며 대답했다.

"지난 일은 다시 말씀 마시고 안심하소서."

이렇듯 부부가 서로 얘기를 나누는 동안에 밤은 깊어 갔다. 시백이 박씨의 옥 같은 손을 이끌고 비단 이불로 들어가 삼사 년 그리워하던 회포를 풀고 운우지락을 이루니, 그 정이 산과 바다와 같이 크고 깊었다.

박씨가 허물을 벗은 후로부터 모부인과 노복 등은 전에 박씨를 박대한 것을 뉘우쳐 자책하였다. 박씨의 신명함에 탄복하기도 하고, 상공의 큰 지략을 칭송하기도 하였다.

박씨가 허물을 벗고 미인이 되었다는 소문은 순식간에 장안으로 퍼져 나갔다. 너무나도 신기한 나머지 어떤 사람은 사사로이 박씨의 집에 들어와서 보고 가기도 하였다. 재상가 부인들은 박씨의 신기함을 일컬으며 혹 청하여 보기도 하였다.

하루는 한 재상의 집에서 박씨를 청하여 술과 과실로 대접하였다. 여러 부인이 서로 다투어 술을 권했다. 어느덧 술이 반쯤 취하자 부인들이 박씨의 재주를 보고 싶어하였다. 박씨는 재주를 자랑하고자 술잔을 받아 거짓 내리쳐 술을 치마에 적시고 치마를 벗어 계화에게 주며 말했다.

"치마를 불에 던져 태워라."

계화가 명을 받고 치마를 불 가운데 던지니 치마는 타지 않고 광채가 더욱 빛났다. 계화가 치마를 가져다가 부인들께 드리니 부인들이 그 까닭을 물었다. 이에 박씨가 대답했다.

"이 비단의 이름은 화염단火焰緞이라 하는데, 빨래를 하고자 하면 물에 빨지 못하고 불에 태워 빠나이다."

부인들이 신통히 여기고 탄복하여 물었다.

"그러하면 그 비단은 어디서 났나이까?"

"인간 세계에는 없고 월궁月宮에서만 나옵나이다."

"입은 저고리는 무슨 비단으로 지었사옵니까?"

"이 비단은 패월단이라고 하옵니다. 첩의 부친께서 동해 용궁에 가셨을 때 얻어 오신 것으로, 이도 용궁에서 나옵나이다."

박씨가 그 비단은 물에 넣어도 젖지 않고 불에 넣어도 타지 않는 비단이라고 하자, 부인들이 듣고 신통하게 여기면서 박씨를 무수히 칭찬하였다.

여러 부인이 박씨를 칭찬하며 술을 따라 권하였다. 박씨는 술이 과하여 사양했으나 부인들이 억지로 권하였다. 박씨는 마지못하여 술잔을 받아 놓고는 문득 봉황이 새겨진 금비녀를 빼어 술잔 가운데에 가로 질러 놓았다. 그러자 술잔이 반으로 갈라졌다. 박씨가 술잔 한 쪽을 들어 마시고 내려놓으니 다른 한 쪽은 칼로 벤 듯 잘려 반이 남았다. 모든 부인이 갈라진 술잔을 보고 신기해하면서 말했다.

"부인에게는 선녀의 기품이 있다고 하더니 그 말이 과연 옳도다. 이런 신기한 일은 고금古今에 없던 일이라. 어찌하여 인간 세계에 내려왔는고? 옛날에 진시황과 한무제도 만나지 못하던 선인을 우리가 우연히 만났으니 어찌 즐겁지 않으리오?"

박씨의 솜씨 자랑에 뒤이어 모든 부인이 흥에 겨워 글을 지어 서로 화답하였다. 이때 계화가 아뢰었다.

"이렇듯 좋은 춘경에 흥을 돕고 온갖 꽃이 만발하여 봄빛을 자랑하니, 저도 이같이 좋은 때를 당하여 노래 한 곡으로 여러 부인을 위로할까 하나이다."

좌중에 있던 모든 사람이 계화의 말을 기특하게 여기고 소리하기를 재촉하였다. 계화가 붉은 입술을 반만 열어 노래 한 곡을 불렀다. 노랫소리가 청아하게 울려 퍼졌다.

모든 부인이 계화의 소리를 듣고 정신이 어질하여 계화를 다시 보며 무수히 칭찬하였다. 정신없이 즐겁게 놀다가 보니 해가 서산에 지고 달이 동쪽 언덕으로 떠오르고 있었다. 부인들은 놀이를 끝내고 각자 집으로 돌아갔다.

이시백, 승승장구하다

이때 상공이 연로하여 벼슬에서 물러나고자 하였다. 임금께서 윤허하시고 대신 시백에게 승지 벼슬을 내리셨다. 시백이 임금의 은혜에 감사하며 공손히 절하였다. 조정에 나가 임금을 충성으로 섬기며 나랏일을 부지런히 하니 명성이 조정에 가득하였다. 시백의 충성이 남보다 더하므로 임금께서 더욱 사랑하시며 애중히 여겨 특별히 평안감사를 제수*하셨다.

시백이 사은숙배謝恩肅拜하고 집으로 돌아와 양친을 뵈었다. 공의 부부가 크게 기뻐하였고, 일가친척과 집안 모든 사람이 즐거워하였다.

시백이 평안감사로 부임하기 위해 행장을 차릴 때에 쌍교를 꾸미게 하였다. 박씨가 이를 보고 물었다.

"쌍교는 꾸며 무엇 하려 하나이까?"

"임금께서 나 같은 사람에게 평안감사를 제수하셨으니, 막중한 임무를 감당하기 어려워 부인을 데려가고자 하노라."

"남아가 출세한 후 입신양명하오면 나라 섬길 날은 많고 부모 섬길 날은 적다고 하옵니다. 나랏일에 골몰하오면 처자식을 돌아보지 못할

---

* 제수(除授) | 다른 사람의 추천을 받지 않고 임금이 바로 벼슬을 내림.

날이 더 많사옵니다. 첩도 함께 가면 노친 두 분은 누가 봉양하겠나이까? 낭군께서는 충성을 다하여 나랏일을 극진히 하는 것이 옳을까 하나이다."

시백이 부인의 말을 듣고 도리어 부끄러워 대답했다.

"나 같은 불충불효한 사람을 천지간에 용납할 사람이 어디 있으리오? 노친 두 분을 생각하지 않고 망령된 생각을 하였사오니 과도하게 허물을 탓하지 마옵소서. 부디 부모님을 극진히 봉양하여 나의 마음을 받들어 남의 웃음을 면하게 하옵소서."

시백은 자신의 잘못을 사과하고 사당에 들어가 조상께 하직 인사를 하고, 또 부모님께 가서 하직 인사를 한 후 박씨와 작별하였다. 특별히 박씨에게는 부모님을 잘 봉양해 달라는 당부를 하고, 즉시 장도에 올라 여러 날 만에 평안도에 도착하였다.

이때 평안도에서는 각 고을의

수령들이 백성의 재물을 착취하는 등 갖은 악행을 일삼고 있었다. 백성은 도탄에 빠져 수령들에 대한 원성이 자자했다. 새로 부임한 감사는 각 고을 수령의 선행과 악행을 일일이 조사하였다. 감사는 조사한 결과를 가지고 수령들에게 상과 벌을 내렸다. 백성을 잘 다스리지 못한 수령은 우선 임금에게 장계*를 올려 벼슬을 빼앗았다. 반면에 백성을 잘 다스린 수령은 장계를 올려 벼슬을 올려 주고 좋은 곳으로 자리를 옮겨 가게 하였다. 감사는 수령들의 잘잘못을 다스리는 한편, 백성을 인과 의로 다스려 민심을 진정시켰다. 일 년 안에 모든 고을이 무위이화*하여 백성이 즐겨 노래하고 다음과 같은 격양가*를 불러 화답하였다.

인제 살리로다. 나라가 태평하고 백성이 편안하니 요순시절 부럽지 않도다. 역산에 밭 갈아 농사를 어서 지어 우리 부모 봉양하고 동기간에 우애 있게 살아 보세. 구관 사또 어찌하여 평민을 침탈하올 적에 무식한 백성이 인의를 어찌 알며 효제충절孝悌忠節을 어이 알리. 효자가 불효자 되고 양민이 도적인가. 신관 사또 부임 후에 충과 효를 겸하시므로 인의로 일을 보아 덕이 넓으시니 백성이 편하도다. 산에는 도적이 없고 밤에도 문을 닫지 않고 길에 떨어진 것을 줍지 않으니 선정비*를 세워 볼까. 비석을 세워 덕을 기려 보세.

감사가 백성을 잘 다스린다는 소문이 멀리까지 퍼지고 급기야 조정에까지 미쳤다. 임금께서 소문을 들으시고 감사의 벼슬을 병조판서로 올리셨다. 감사가 임금의 교지*를 받고 임금이 계신 북쪽을 향해 사배四拜하고 즉시 행장을 차려 한양으로 향했다. 각 고을의 수령과 백성이 감사의 덕을 칭송하였는데, 그 소리가 사방에 진동하였다. 감사는 길을 떠난 지 여러 날 만에 한양에 도착하였다. 즉시 대궐에 들어가 임금께 공손히 감사의 절을 드리니 임금께서 감사를 보시고 반기면서 크게 칭찬하기를 그치지 않았다. 벼슬이 병조판서에 오른 시백이 조정에서 물러나와 부모님 앞에 문안을 드린 후에 일가친척과 옛 친구들을 모아 잔치를 열고 며칠을 즐겼다.

때는 갑자년 팔 월이었다. 남경이 요란하기에 조정에서는 병조판서

* 장계(狀啓) | 감사나 왕명으로 지방에 파견된 벼슬아치가 글로 써서 올리던 보고.
* 무위이화(無爲而化) | 정치하는 사람의 덕이 크면 특별히 정치나 교육을 하지 않아도 백성이 자연 교화가 된다는 노자의 사상.
* 격양가(擊壤歌) | 중국 상고의 요(堯) 임금 때, 늙은 농부가 땅을 두드리며 천하가 태평함을 기리어 불렀다는 노래.
* 선정비(善政碑) | 백성을 잘 다스린 관원의 덕을 기리기 위해 세운 비석.
* 교지(敎旨) | 조선시대에 임금이 4품 이상의 벼슬아치에게 명령을 내리던 문서.

이시백을 상사*로 삼아 명나라로 보냈다. 시백이 어명을 받고 즉시 명나라로 행하였다.

이때 임경업이라고 하는 신하가 있었다. 그는 영리하고 총명했으며, 영웅의 지략을 지니고 있었다. 임경업은 마침 철마산성의 중군*으로 있었는데, 시백이 임금님께 아뢰어 부사로 삼아 명나라로 들어갔다. 명나라 황제는 조선 사신을 맞아 영접하였다.

명나라는 오랑캐 가달*이

일으킨 반란으로 눈앞에 나라를 잃을 위급한 처지에 있을 때였다. 명나라 승상 화재명이 천자께 아뢰었다.

"소신이 조선 사신 이시백과 임경업의 관상을 보았사옵니다. 그들은 비록 작은 나라의 인물이나 만고의 흥망과 천지의 조화를 은은히 감추었사오니 어찌 기특하지 아니하오리까? 반란군을 칠 대장군으로 이 두 사람이 적임자이옵니다."

천자께서 들으시고 이시백과 임경업을 대장군에 봉하여 나라를 구하라고 하시었다. 두 사람은 즉시 군사를 거느리고 가달국으로 쳐들어갔다. 두 사람은 가달국 군사를 맞아 백전백승하니 불과 며칠 만에 승전고를 울리며 돌아왔다. 천자가 이를 보시고 크게 칭찬하시며 상을 내렸다. 시백과 경업은 천자의 상을 받고 주야로 달려서 조선으로 돌아왔다. 대궐에 들어가니 임금께서 두 사람을 보시고 반기며 말했다.

"가달을 쳐서 명나라를 구하고 그대들의 이름을 천하에 떨쳤도다. 두 사람의 위엄이 조선에 빛나니 영웅의 재주는 이 세상에 처음이로다."

임금께서는 상으로 두 사람에게 벼슬을 올려 주셨다. 시백에게는 우

* 상사(上使) | 다른 나라에 사신으로 갈 때 제일 높은 벼슬인 수석 사신으로 정사(正使)라고도 함.
* 중군(中軍) | 각 군영의 대장 다음 가는 벼슬.
* 가달(可達) | 오랑캐의 한 두목의 이름으로 실재 인물이 아닌 듯함.

승상을 제수하고, 임경업에게는 부원수를 제수하였다.

　흥진비래興盡悲來는 인간사에 흔히 있는 일이라. 상공이 나이 80세에 홀연 병을 얻어 점점 위독하였다. 아무리 좋은 약을 써도 차도가 없었다. 상공은 자신이 끝내 일어나지 못할 줄 알고 부인과 시백 부부를 불러 말했다.

　"내가 죽은 후라도 가사를 소홀히 하지 말고 후사를 이어 조상의 제사를 극진히 모시도록 하여라."

　상공은 유언을 남기고 세상을 떠났다. 온 가족이 슬퍼하는 중에 모부인이 극히 애통해하다가 몇 달이 안 되어 또한 세상을 떠났다. 시백 부부가 일 년 이내에 천붕지통*을 당하매 어찌 망극하지 아니하리오. 부부는 애통해하면서도 모든 장례 절차를 극진히 하여 부모님을 선산에 안장하였다. 어느덧 세월이 흘러 삼년상을 무사히 마치니, 부부와 상하 노복이 애통해하는 것을 측량하지 못하겠더라.

* 천붕지통(天崩之痛) | 하늘이 무너지는 듯한 슬픔이란 뜻으로 임금이나 부모가 돌아가신 슬픔을 이르는 말.

여자객 기홍대의 피화당 침입 사건

한편 북쪽 오랑캐가 점점 강성하여 조선을 공격하려고 기회를 엿보았다. 임금께서 크게 근심하다가 임경업에게 의주부윤을 제수하여 자주 침범하는 북쪽 오랑캐를 물리치게 하셨다.

이때 무지한 오랑캐 왕은 조선을 치려고 조정의 모든 신하를 모아 놓고 의논하였다.

"우리나라는 비록 지방이 광활하나 조선 장수 임경업을 제압할 사람이 없으니 이 어찌 가련하지 않으리오. 어떻게 하면 조선을 꺾을 수 있으리오?"

모든 신하는 잠자코 있을 뿐 대답하지 못하고 있었다.

오랑캐 왕비는 비록 여자이나 세상에 둘도 없는 영웅이었다. 위로는 천문을 통하고 아래로는 지리를 통달하여 앉아서도 천 리 밖의 일을 헤아리고 일어서면 만 리 밖의 일을 알 정도였다. 그 왕비가 왕께 아뢰었다.

"조선에 신기한 재주를 가진 사람이 있사옵니다. 비록 경업을 제압한다고 하더라도 그 사람 때문에 조선을 이기지 못할까 하나이다."

왕이 크게 놀라 말했다.

"짐이 평생에 경업을 알고 있기를, 팔 년 풍진*에 역발산力拔山하던 초패왕과 삼국 시절에 오관참장*하던 관운장과 당양 장판에서 단신으로 조조의 백만 군중에 횡행하던 조자룡과 같은 장수로 알았더니, 그 위에 더한 사람이 있다고 하면 어찌 조선을 엿볼 마음을 두겠는가?"

"천기를 보니 조선에 액운이 있사옵니다만, 백만 대군을 일으켜 보낸다고 하더라도 그 신인을 잡기 전에는 조선을 이기기가 극히 어렵사옵니다. 하여 신첩이 한 계교를 생각하였사옵니다. 자객을 구하여 조선에 보내 그 신인을 없앤 후에 조선을 치는 것이 마땅하옵니다."

"그렇다면 어떤 사람을 보낼꼬?"

"조선 사람은 재물을 탐내고 미색을 좋아하니 계집을 구하여 보내는 것이 마땅하옵니다. 인물이 뛰어나되, 문필은 왕희지 같고, 말솜씨는 소진·장의 같고, 날래기는 조자룡 같고, 머리는 제갈공명 같은, 즉 지혜와 용기를 겸비한 계집을 보내면 성사시킬 수 있을 것이옵니다."

왕이 듣고 옳게 여겼다. 즉시 여러 신하와 의논하여 자객을 두루 구하였다. 이때 육궁*의 시녀 가운데 기홍대라 하는 계집이 있었다. 인물은 양귀비 같고 언변은 소진·장의를 비웃을 정도이며 검술은 당할 자가 없고, 용맹하기는 용과 호랑이 같았다. 왕비가 왕에게 아뢰었다.

"기홍대는 검술과 용모에 있어 보통 사람을 뛰어넘고, 동시에 도량과 지용을 겸하여 만 사람이 당해 내지 못할 용맹이 있사오니 기홍대

---

* 팔 년 풍진(風塵) | 한(漢)나라의 유방(劉邦)과 초(楚)나라의 항우(項羽)가 팔 년 동안 천하의 패권을 다투던 일.
* 오관참장(五關斬將) | 관우가 오관(五關)을 차례로 지나면서 그 수비하던 장수들을 베어 버린 일.
* 육궁(六宮) | 중국 궁중에서 황후의 궁전과 부인 이하의 다섯 궁실.

를 보내옵소서."

왕이 크게 기뻐하며 기홍대를 불러 말했다.

"너의 지혜와 용맹은 이미 알고 있거니와 너는 조선에 나가 성공할 수 있겠느냐?"

"소녀가 비록 재주가 없사오나 국은이 망극하오니 어찌 물불이라도 피하오리까?"

"조선에 나아가 신인의 머리를 베어 오면 이름을 오랜 세월 전하게 하리라."

"소녀가 비록 재주가 없사오나 충성을 다하여 조선에 나가 신인의 머리를 베어 폐하의 근심을 덜겠사옵니다."

기홍대가 왕을 하직하고 나오자 왕비가 불러 세우고 말했다.
"조선에 나아가면 언어가 생소할 것이니라."
왕비는 홍대에게 조선 언어와 풍속을 가르친 뒤 또 말했다.
"조선에 나가면 자연히 신인을 알 것이니 문답은 여차여차 두 번 하고, 부디 재주를 허비하지 말고 조심하여 머리를 베어라. 돌아오는 길에는 의주로 들어가 임경업의 머리를 마저 베어 가지고 돌아와라. 부디 조심하여 대사를 그르치지 마라."
기홍대가 왕비의 명을 받고 대궐에서 나와 즉시 행장을 차렸다. 득달같이 달려 바로 조선국 한양에 도착하였다.

이때 박씨는 홀로 피화당에 있다가 문득 천문을 보고 크게 놀라 시백을 청하여 당부하였다.
"모월 모일에 계집 하나가 우리 집에 들어올 것이옵니다. 그 계집은 말이 여차여차 장황하올 것이니 조심하시옵소서. 대감께서는 그 계집을 친근히 대접하지 마시고 이리이리하여 피화당으로 인도하여 보내시면 저와 할 말이 있나이다."
"어떠한 여인인데 나를 찾아오리오?"
"그는 장차 알게 되거니와 소문을 내지 마시고 첩의 말대로 하여 낭패를 보지 마옵소서. 그 계집은 얼굴이 예쁘고 문필이 뛰어나며 온갖 재주를 갖추었사옵니다. 만일 그 용모를 사랑하시어 가까이 하시면 큰 화를 면치 못할 것이옵니다. 부디 그 간계에 속지 마시고 피화당으로 보내옵소서. 그사이에 술을 빚어 담되, 한 그릇에는 쌀 두 말에 누룩

두 되를 넣어 술을 빚고, 또 한 그릇에는 다른 것이 섞이지 않게 술을 빚어 두옵소서. 그리고 안주를 장만하여 두었다가 그날이 오거든 첩의 말대로 여차여차하옵소서."

시백이 박씨의 말을 듣고 속으로 괴상하게 여겼다. 과연 박씨가 말한 그날이 되자 한 여인이 집에 들어와 문안하였다. 시백이 그 용모를 자세히 본즉 절세가인의 얼굴이요, 요조숙녀의 자태를 하고 있었다. 시백이 그 여인에게 물었다.

"어떠한 여인인데 감히 외당에 들어오는고?"

"소녀는 먼 시골에 살고 있사옵니다. 마침 한양 구경을 왔다가 외람되이 상공 댁까지 이르렀나이다."

"너는 어디에 살며, 이름은 무엇이라 하느뇨?"

"소녀는 강원도 회양에 사옵는데 어려서 부모를 여의고 떠돌아 다니다가 우연히 죄를 지어 관에 잡혀 종이 되었사옵니다. 성은 모르옵고 이름은 설중매라고 하나이다."

시백은 그 여인이 예사로운 사람이 아닌 줄 알고 사랑에 오르게 하였다. 여인은 황공하여 사양하다가 사랑에 올라가 자리를 정하고 앉았다. 시백이 여인과 담소를 나누는데, 여인의 대답이 물 흐르듯 하였다. 시백이 마음속으로 헤아렸다.

'장안에 기생이 많아도 저 여자의 말재주와 문필을 가히 당할 자가 없을 듯한지라. 진실로 시골의 천기가 되기에 아깝도다.'

시백은 여인의 재주에 탄식하다가 문득 박씨가 당부하던 말을 생각하고 의심이 들어 다시 말했다.

"지금 해가 서산에 지고 달이 동쪽 언덕에 올라 밤이 깊게 되었으니 후원 피화당에 들어가 편히 지내도록 하여라."

"소녀는 천한 기생의 몸으로 이미 사랑에 들어왔사오니 사랑에서 지내며 대감을 모시고자 하옵니다."

"나도 마음이 답답하여 적적함을 없애고자 하나 오늘 밤은 긴급한 나랏일을 볼 것이 있어 관원들이 오기로 하였느니라. 이로 인해 너와 더불어 밤을 지내지 못하리로다."

"소녀와 같이 천한 몸이 어찌 마음에라도 부인을 모시고 하룻밤을 지내오리까?"

"너도 여자이니 부인과 함께 지내는 것이 무슨 허물이 있으리오?"

시백은 계화를 불러 말했다.

"이 여인을 데리고 피화당에 들어가 편히 지내도록 하여라."

계화는 시백의 명을 받고 즉시 여인을 데리고 피화당으로 들어갔다. 박씨가 여인을 맞이해 자리에 앉게 하고 물었다.

"그대는 어떤 사람인데 내 집을 찾아왔느뇨?"

"소녀는 먼 시골의 천기옵니다. 우연히 한양에 구경을 왔다가 외람되이 귀댁까지 왔사오니 황송함을 이기지 못하겠나이다."

"그대의 행색을 보니 보통 사람과 다른지라. 어찌 헛되이 세월을 허비하면서 내 집을 부질없이 찾아왔느뇨?"

박씨는 계화를 불러 말했다.

"지금 손님이 왔으니 술과 안주를 들여보내라."

계화가 명을 받고 나가더니 이윽고 훌륭하게 차린 술상을 들여왔는데, 독한 술과 순한 술을 분별하여 놓았다. 박씨가 계화로 하여금 술을 따르라 하니 계화가 명을 받고 독한 술은 여인에게 권하고 순한 술은 박씨에게 드렸다. 여인은 오랜 여행으로 피곤하여 목이 마르던 차였다. 술을 보자 사양하지 아니하고 마셔댔다. 한 말 술을 두어 순배에 다 마시니, 그 거동이 보통 사람과 달랐다. 여인이 술 마시는 모양을 보고 놀라지 않는 사람이 없을 정도였다.

박씨, 기홍대를 제압하다

여자가 독한 술을 배불리 먹고 어찌 견디리오? 그 여인은 갑작스럽게 몹시 취하여 말했다.

"소녀가 오랜 여행으로 피곤하던 차에 주시는 술을 다 받아 마셔 크게 취하였사옵니다. 잠깐 눕기를 청하나이다."

"어찌 내 집에 온 손님을 공경하지 아니하리오?"

박씨가 베개를 내어 주자 여인은 더욱 황공해하였다. 여인은 베개를 받아 베고 누워 생각했다.

'왕비와 하직하올 때에 왕비께서 말씀하시기를 우의정의 집에 먼저 가면 자연히 알리라 하셨는데, 아까 이승상의 상을 본즉 다만 어질 뿐이요, 다른 재주는 별로 없어 보여 염려 없었다. 그러나 지금 부인의 거동과 인상을 보니 비록 여자이나 미간에 천지의 조화를 은은히 감추고 흉중에 만고의 흥망을 품었으니 이 사람은 곧 신인이라. 만일 이 사람을 살려 두면 우리 임금이 어찌 조선을 꺾으리오? 마땅히 조화와 묘계를 내어 이 사람을 죽여 임금의 급한 근심을 덜고 나의 이름을 오랜 세월 남기리라.'

여인은 마음속으로 기뻐하였으나 술이 점점 더 취하기에 박씨에게 또 청했다.

"황송하오나 이곳에서 자기를 청하나이다."

박씨가 허락하자 여인은 곧바로 누워 잠이 들었다. 박씨도 옆에 누워 자는 체하고 동정을 살폈다.

여인은 한 눈을 뜨고 자다가 얼마 있다가 한 눈마저 떴다. 갑자기 두 눈에서 불덩이가 솟아올라 방 안을 돌았다. 그 불덩어리가 방 안을 돌자 방문이 열릴락 닫힐락 하여 정신을 산란하게 하였다. 비록 여자일지라도 천하 명장이니 그 재주에 어찌 놀랍지 아니리오?

박씨 또한 자는 체하다가 가만히 일어나 그 여자의 행장을 열어 보았다. 그 속에는 다른 물건은 없고 조그마한 칼 하나가 있는데 모양이 기이하였다. 칼을 자세히 보니 주홍색으로 '비연도飛燕刀'라 새겨져 있었다. 박씨가 그 칼을 만지려 할 즈음이었다. 그 칼이 제비로 변하여 천장으로 솟구쳤다가 박씨를 해치려고 달려들었다. 박씨가 급히 한 주문을 외우니 그 칼이 변하지 못하고 멀리 떨어져 버렸다.

박씨가 그제야 칼을 집어 들고 소리를 벼락같이 질렀다. 여인은 잠이 깊이 들었다가 뇌성 같은 소리에 잠에서 깨어 일어나 앉았다. 부인

---

* 홍문연(鴻門宴) | 중국 초나라와 한나라의 싸움에서 초나라 항우가 한나라의 유방을 모해하려고 홍은, 즉 지금의 중국 섬서성 임동현에서 주연을 벌였던 일.

이 비연도를 들고 소리를 높여 꾸짖었다.

"무지하고 간사한 계집은 오랑캐 땅 기홍대가 아니냐?"

박씨의 꾸짖는 소리가 웅장하여 마치 종과 북을 울리는 듯하였다. 기홍대는 그 소리에 깜짝 놀라 간담이 서늘하여 어찌할 줄 몰랐다. 겨우 정신을 차려 고개를 잠깐 들어 살펴보았다. 박씨가 칼을 들고 앉아 소리 지르는 위엄은 팔 년 풍진 때 홍문연*에서 번쾌가 장막 안에 뛰어들어 머리카락이 솟구치고 눈초리가 찢어지게 부릅뜨고 흘겨보던 위엄 같았다. 기홍대는 박씨의 위엄에 눌려 감히 말을 못하고 앉아 있었다. 겨우 정신을 가다듬어 고하였다.

"부인께옵서 어찌 그리 자세히 아시나이까? 소녀는 과연 오랑캐 땅

기홍대로소이다. 이렇듯 엄숙히 물으시니 어떠한 까닭인지 모르겠사 옵나이다."

박씨가 눈을 부릅뜨고 성난 목소리로 다시 꾸짖었다.

"너는 일개 자객으로 개 같은 오랑캐 왕을 도와 우리나라를 해하고자 하였도다. 오랑캐 왕은 예의지국을 해하고자 너 같은 계집으로 간계를 부렸도다. 네가 예의를 밝히려는 사람을 해하려 하니 어찌 살기를 바라리오? 내 비록 재주는 없으나 너 같은 요물의 간계에는 속지 아니하리라."

박씨는 화가 치밀어 바로 비연도를 들고 기홍대를 향하여 겨누면서 또 꾸짖었다.

"개 같은 홍대야! 내 말을 들어라! 너의 개 같은 임금이 조선을 엿보려 하나 아직 운수가 멀었느니라. 너 같은 요물을 보내어 우리나라를 탐지하고자 하여 멀리 내 집까지 와 당돌하게도 나를 해치려 하고 재주를 부리려 하니 이는 모두 네 왕비의 간계로다. 내가 너를 먼저 죽여 분한 마음을 만 분의 일이나 풀리라."

박씨가 비연도를 들고 달려들자, 기홍대는 황급한 중에 한 생각을 하였다.

'이런 영웅을 만났으니 성공은 고사하고 도리어 재앙을 받아 목숨을 보전하지 못할 것이다.'

홍대가 애걸하여 말했다.

"황송하오나 부인 앞에서 어찌 한 말씀이라도 속이겠나이까? 소녀가 약간의 잡술을 배운 탓에 왕비의 명을 거역하지 못하여 이와 같이 범죄를 저질렀사옵니다. 이 죄 만 번 죽어도 아깝지 않사옵니다. 소녀는 하늘의 도움으로 조선에 나왔다가 부인 같은 영웅을 만났사옵니다. 이제 소녀의 실낱 같은 명이 부인의 칼끝에 달렸사오니 하늘 같은 마음으로 큰 은혜를 베푸시어 소녀의 남은 목숨을 살려 주옵소서."

홍대가 빌면서 애원하자 박씨가 더욱 화내며 말했다.

"너의 임금은 진실로 금수와 같도다. 우리나라를 멸시하여 하찮은 재주로 조롱하니 한스럽도다. 어찌 분하지 않으리오. 너 같은 요물을 대할 마음이 없으니 어찌 살기를 바라는가?"

홍대가 무수히 애걸하며 말했다.

"부인의 말씀을 들으니 더욱 후회막급이로소이다."

홍대가 사죄하기를 그치지 않으니 부인이 칼을 잠깐 멈추고 분한 기운을 진정하여 말했다.

"나의 분함과 네 왕비의 소행을 생각하면, 너를 먼저 죽여야 분한 마음을 대강 풀 것이로다. 하지만 목숨을 함부로 죽이는 것은 사람이 할 바가 아니다. 네 왕이 무도하여 범람한 뜻을 고치지 아니하기에 너를 살려 보낸다. 너는 돌아가 네 왕께 내 말을 자세히 전하여라. 조선이 비록 작은 나라이나 인재를 헤아리면 영웅호걸과 천하 명장이 다 군사 중에 있고, 나 같은 사람은 아주 많아 그 수를 알지 못하노라. 왕비의 말을 듣고 너를 인재로 뽑아 보내었으나 죽지 않고 살아 돌아가는 것은 조선의 영웅호걸을 만나기 전에 나 같은 사람을 만났기 때문이니라. 돌아가서 왕에게 자세히 말하여 차후에는 외람된 생각을 품지 말고 천명을 순순히 따르라고 하여라. 만일 그렇지 않으면 내 비록 재주가 없으나 영웅과 명장을 모으고 군사를 일으켜 너의 나라를 쳐 무죄한 군사와 불쌍한 백성을 씨도 없게 할 것이니라. 부디 천명을 어기지 말고 순종하라."

박씨는 기홍대를 꾸짖고 나서 하늘을 우러러 스스로 탄식했다.

'나라의 운세가 불행한 탓이로다. 누구를 원망하리오.'

기홍대는 박씨의 거동을 보고 일어나 사례하여 말했다.

"신명하신 덕택으로 죽을 목숨을 보전하오니 감격스러움을 이기지 못하나이다."

기홍대는 부끄러움을 머금고 하직 인사를 하고 나와 속으로 생각했다.

'큰일을 이루려고 만 리를 지척으로 삼아 나왔다가 성공은 고사하고 근본이 탄로나 하마터면 목숨을 보전하지 못할 뻔하였도다. 돌아가는 길에 임경업을 만나 시험하고자 하나 성공하기를 어찌 바라리오. 그냥 돌아가는 것이 좋을 듯하도다.'

기홍대는 곧바로 본국으로 돌아갔다.

이튿날 시백이 대궐에 들어가 어젯밤에 있었던 일을 낱낱이 아뢰었다. 임금과 조정의 모든 신하가 시백의 말을 듣고 모두 놀라 얼굴빛이 하얗게 질렸다. 임금께서 즉시 임경업에게 밀지를 내렸다.

오랑캐 나라에서 기홍대라 하는 계집을 우리나라에 보내어 여차여차한 일이 있었느니라. 혹 그런 계집이 와서 달래거나 유인함이 있거든 각별히 조심하고 잘 알아서 방비하라.

임금께서는 박씨의 신기한 기략과 교묘한 꾀에 탄복하시고 박씨에게 충렬 부인의 직첩*을 내리셨다. 그리고 우의정 이시백에게 하교를 내리셨다.

"만일 경의 아내가 아니었더라면 큰 화를 면치 못할 뻔하였도다. 흉악하고 측량할 수 없는 도적이 우리나라를 엿보고자 하여 일어난 일이니 어찌 절통하지 않으리오. 차후로 도적의 괴변을 살펴 낱낱이 아뢰어라."

임금께서는 또 이시백에게 상으로 비단을 하사하셨다.

* 직첩(職牒) | 조정에서 내리는 벼슬아치의 임명서.

오랑캐의 조선 침략, 병자호란

기홍대가 본국에 돌아가 오랑캐 왕께 돌아왔음을 아뢰니, 왕이 물었다.
"이번에 조선에 나아가 어찌하고 돌아왔느냐?"

"소녀가 이번에 명을 받들고 큰일을 이루려고 만 리 타국에 갔사오나, 성공은 고사하고 이 세상에 상대할 사람이 없는 영웅 박씨를 만나 목숨을 보전하지 못할 뻔했사옵니다. 고국에 돌아오지도 못하고 외국에 원혼으로 남게 될 뻔했으나 소녀가 목숨을 살려 달라고 수만 번 애걸하였사옵니다. 박씨가 소녀를 용서하고 보내면서 폐하를 금수와 같다고 하며 깊이 책망하더이다."

홍대가 전후 사연을 낱낱이 아뢰니 왕이 크게 화내며 말했다.
"네가 부질없이 조선에 나가 성공은 고사하고 묘계만 탄로 내고 돌아왔으니 어찌 분하지 않겠느냐?"

다시 왕비를 청하여 말했다.

"이제 기홍대가 조선에 나가서 신인과 명장을 죽이지도 못하고 짐에게 욕만 끼치게 하였으니 어찌 분하지 아니한가. 조선을 치지 못하게 되었으니 분한 마음을 어디에 가서 풀리오."

"한 묘책이 있사오니 청컨대 행하여 보옵소서."

"무슨 묘계가 있느뇨?"

"조선에 비록 신인과 명장이 있사오나 간신이 있어서 신인의 말을 듣지 아니하고 오히려 명장을 쓸 줄 모르오니 폐하가 군사를 일으켜 조선을 치시옵소서. 다만 남쪽 육로로 나아가 치지 말고, 동쪽으로 백두산을 넘어 함경도를 거쳐 한양성 동문으로 쫓아 들어가면 조선에서는 미처 방비할 수 없어 이기기 쉽사옵니다."

구십오

왕이 듣고 크게 기뻐하며 곧 한유와 용울대를 불러 명령을 내렸다.

"군사 십만 명을 뽑아서 왕비의 지휘대로 행군하라. 동으로 백두산을 넘어 바로 조선 북로로 내려가 한양성 동문으로 쫓아 들어가 여차여차하라."

왕비가 또 명령하였다.

"그대는 행군하여 조선에 들어가거든 바로 날랜 군사를 뽑아 의주와 한양 사이의 왕래하는 길에 매복시켜 임경업이 도성과 서로 소식을 통하지 못하게 하라. 그리고 한양에 들어가거든 우의정 집 후원을 범하지 마라. 그 후원에 피화당이 있고 후원 초당 전후 좌우에 신기한 나무가 무성하게 있느니라. 만일 그 집 후원을 범하면 성공은 고사하고 목숨을 보전하지 못하여 고국에 돌아오지 못하리니 각별히 명심하라."

두 장수가 명령을 듣고 십만 대병을 거느려 동으로 행군하여 바로 한양으로 향했다. 백두산을 넘어 함경도 북로로 내려오면서 봉화를 끊고 물밀 듯 들어왔다. 그러나 한양성 수천 리에 이 사실을 아는 사람이 하나도 없었다.

이때 충렬 부인 박씨가 피화당에 있다가 문득 천기를 보고 크게 놀라 급히 시백을 청하여 말했다.

"북방 오랑캐가 침범하여 조선 땅에 들어왔습니다. 급히 의주부윤 임경업을 불러 군사를 합하여 동으로 오는 도적을 막게 하소서."

시백이 놀라 말했다.

"내 소견에는 우리나라에 만일 도적이 들어온다고 하면 북쪽 오랑캐가 들어와 의주를 공략할 것이로다. 그런데 의주부윤을 불러내 북쪽을 비워 두었다가 오랑캐가 그곳을 탈취하면 가장 위태로울 것이라. 부인이 무슨 이유로 이를 염려하지 아니하고 동쪽을 막으라 하느뇨?"

"오랑캐는 본래 간사한 꾀가 많습니다. 북쪽에는 임장군이 지키고 있어 의주는 감히 범하지 못하옵니다. 백두산을 넘어 동으로 쫓아 동대문을 깨치고 들어와 한양을 습격할 것이 분명하옵니다. 이 어찌 분하지 않으리오? 첩의 말을 헛되이 듣지 마시고 급히 전하께 아뢰어 방비하도록 하옵소서."

시백이 박씨의 말을 듣고 크게 깨달아 급히 대궐로 들어가 세세히 아뢰었다. 임금께서 들으시고 크게 놀라시며 모든 신하를 불러 모아 의논하였다. 이때 좌의정 원두표가 아뢰었다.

"북쪽 오랑캐는 꾀가 많사오니 의주부윤 임경업에게 명하여 동으로 오는 도적을 막게 함이 옳을까 하나이다."

원두표가 말을 마치기도 전에 한 사람이 앞으로 나서며 아뢰었다.

"좌의정이 아뢰는 말씀은 극히 옳지 않습니다. 북쪽 오랑캐가 경업에게 패배를 당하였사오니 무슨 힘으로 우리나라를 엿보겠나이까? 군사를 일으킨다 하여도 반드시 의주로 들어올 것이옵니다. 만일 의주를 버리고 경업을 불러 동쪽을 지키게 하면 도적이 의주를 습격할 것이니 아주 위태하옵니다. 국가의 흥망이 걸려 있는 문제인데 어찌 요망한 계집의 말을 들어 망령되이 동쪽을 막으라고 하시옵니까? 이는 나라를 해하고자 하는 말이니 살피시옵소서."

임금께서 말씀하셨다.

"박씨의 신명이 보통 사람과는 다른지라. 짐이 경험한 일이 있으니 어찌 요망하다 하리오? 그 말을 좇아 동쪽을 막는 것이 옳도다."

그 사람이 다시 아뢰었다.

"지금은 시절이 태평하여 백성은 평안하게 지내며 격양가를 부릅니다. 이 같은 태평시절에 하찮은 계집이 요망한 말을 발설하여 우리나라를 소란하게 하면 민심을 혼란하게 하는 것이옵니다. 전하께서는 계집의 요망한 말씀을 들으시고 국정을 살피지 아니하오시니 신은 오히려 그 계집을 잡아 먼저 국법으로 다스려 민심을 진정하게 하시길 원하옵니다."

임금의 말을 막으며 이같이 말하는 사람은 바로 영의정 김자점이었다. 그는 소인을 가까이 하고 군자를 멀리하면서 국정을 제 마음대로 하는 인물이었다. 이런 소인배가 나라를 망치려 하였으나 조정의 신하들은 그 권세를 두려워하여 아무 말도 하지 못하고 있었다.

시백도 그의 말에 항거하지 못하고 분한 마음만 들 뿐이었다. 집으로 돌아와 박씨에게 조정에서 있었던 사연을 낱낱이 이야기하였다. 박씨가 듣고 하늘을 우러러 탄식하였다.

"슬프다. 나라의 운세가 불행하여 이 같은 소인을 인재라고 하여 조정에 두었다가 나라를 망하게 하니 어찌 슬프지 않으리오? 머지않아 도적이 한양을 침범할 것이니 신하가 되어 나라가 망하는 것을 차마 어찌 보리오? 대감께서는 비간의 충성을 본받아서 국가 사직을 지키시옵소서."

시백이 듣고는 울분이 끓어올랐으나 어찌하지 못하고 하늘만 우러러 탄식할 뿐이었다.

이때는 병자년 섣달 그믐날이었다. 오랑캐가 동대문을 깨치고 물밀 듯 들어오니 그 함성이 천지를 진동하였다. 백성의 참혹한 모습은 붓으로 쓰기 어려운 지경이었다. 적장이 군사를 호령하여 사방으로 습격하여 닥치는 대로 죽이니 주검이 태산 같고 피가 흘러 냇물이 되었다.

임금께서 오랑캐의 침략을 당하여 어쩔 줄 몰라 하다가 조정 신하들을 모아 놓고 의논하였다.

"이제 도적이 성안에 가득하여 백성을 살해하니 나라의 위태로움이 조석朝夕에 달렸는지라. 장차 어찌하리오?"

우의정 이시백이 아뢰었다.

"이제 사정이 급하오니 남한산성으로 피란하는 것이 좋을까 하나이다."

임금께서 시백의 말을 옳게 여겨 즉시 옥교를 타시고 남문으로 나와 남한산성으로 향하였다. 임금 일행이 길을 떠나자 앞에서 한 무리의 군사가 내달아 좌우충돌하니 임금께서 크게 놀라 소리쳤다.

"누가 가서 저 적을 물리쳐라!"

우의정 시백이 말을 내몰며 말했다.

"신이 적을 물리치겠나이다."

우의정 시백이 창을 빼어 들고 말을 타고 달려 나와 한 번의 접전에 적을 물리치고 임금 일행을 무사히 남한산성으로 들어가게 하였다.

이때 오랑캐 장수 한유와 용울대는 십만 정병을 거느리고 바로 한양을 취하여 대궐 안으로 들어갔다. 대궐 안은 이미 텅 비어 있었다. 그

제야 임금 일행이 남한산성으로 피란한 줄 알고 아우 용골대에게 군사 천여 명을 주어 한양을 지키게 하였다. 그리고 즉시 군사를 몰아 남한산성으로 가서 성을 에워싸고 공략하기 시작했다. 임금과 신하는 여러 날 성중에 갇혀 위태롭기가 짝이 없었다.

박씨, 피화당을 엄습한 용골대의 목을 베다

한편 충렬 부인 박씨는 일가 친척을 피화당으로 모여 있게 하였다. 병란을 당하여 피란하고자 하던 부인들은 용골대가 성안에서 좋은 물건을 찾아 빼앗는다는 말을 듣고 피란을 서둘렀다. 박씨가 그 거동을 보고 부인들을 위로하여 말했다.

"이제 도적이 곳곳에 있사오니 부질없이 움직이지 마옵소서."

박씨의 말을 듣고 부인들은 반신반의하면서 성안에 그대로 머물렀다.

이때 오랑캐 장수 용골대가 군사 백여 기를 거느리고 성안 사방으로 다니며 수색을 하였다. 한 집에 도달하여 바라보니 정결한 초당이 있는데, 그 초당 전후좌우에는 수목이 무수히 우거져 있었다. 용골대가 좌우를 자세히 살펴보니 서로 엉켜 있는 나무는 용과 호랑이가 되어 머리와 꼬리를 맞대고 있는 듯했고, 가지는 새와 뱀이 되어 변화가 무궁한 듯하여 살기가 하늘에 가득하였다.

용골대는 박씨의 신기와

백삼

묘법을 모르고 피화당에 있는 물건들을 빼앗고 싶은 마음이 앞서 급히 피화당으로 들어갔다. 그때였다. 청명하던 하늘에 갑자기 검은 구름이 일어나며 뇌성벽력이 천지를 진동하였다. 무성한 수목이 변하여 무수한 병사가 되고, 가지와 잎은 창검이 되었다. 변화한 병사들이 용골대를 에워쌌다. 용골대는 그제야 우의정 이시백의 집인 줄 알고 크게 놀라 도망치고자 했다. 그러나 문득 피화당이 없어지고 첩첩 산중이 되었다.

용골대는 정신이 아득하여 어찌할 줄 모르고 서 있었다. 문득 계화가 칼을 들고 나서면서 크게 꾸짖었다.

"어떠한 도적이건데 죽기를 재촉하는가?"

"뉘 댁인지 모르고 왔거니와 당신의 은혜를 입어 살아 돌아가기를 바라나이다."

"나는 이 댁 시비 계화이다. 너는 어떤 놈인데 사지死地를 모르고 작은 힘을 믿어 당돌하게 여기에 들어왔느냐? 우리 댁 부인께옵서 네 머리를 베어 오라고 하시기에 내가 나왔느니라. 네 머리를 베고자 하나니 어서 빨리 내 칼을 받아라."

용골대가 그 말을 듣고 크게 화를 내며 칼을 비껴 들고 계화를 치려고 하였다. 그러나 칼을 든 손이 갑자기 맥이 빠져 손을 쓸 수가 없었다. 마음속으로 놀라 탄식하며 말했다.

"슬프다. 장부가 세상에 태어나 벼슬에 나가 한 나라의 대장이 되어 만리 타국에 나와 공을 이루지 못하고 조그마한 여자의 손에 죽을 줄 어찌 알았으리오?"

백사

계화가 크게 웃고 말했다.

"무지한 적장네야! 불쌍하고도 불쌍하도다. 명색이 대장부가 되어 타국에 나왔다가 오늘날 나같이 갸냘프고 약한 여자를 만나 대항하지 못하고 탄식만 하고 있느냐. 너 같은 것이 어찌 한 나라의 대장이 되어 타국을 치려고 나왔느냐. 내 말을 들어 보아라. 무도한 너의 왕이 하늘의 뜻을 모르고 외람되이 예의지국을 해하려고 너 같이 입에서 젖비린내 나는 어린애를 보내었으니 가히 우습도다. 너의 신세를 생각하면 측은해서 살려 주고 싶으나, 내 칼은 사정이 없어 너 같은 놈을 용서하지 못하노라. 무지한 필부놈이라도 하늘의 뜻을 순순히 받아 죽는 것이니 죽은 혼이라도 나를 원망하지 마라."

말을 마치자마자 계화는 용골대의 머리를 향해 칼을 날렸다. 번쩍하는 빛과 함께 용골대의 머리가 말 아래로 떨어지고 말았다. 계화는 적장의 머리를 베어 들고서 피화당에 들어가 박씨에게 바쳤다. 박씨가 그 머리를 받아 밖으로 내치니, 그제야 풍운이 그치고 명월이 환하게 비추었다. 용골대의 머리를 다시 집어다가 후원 높은 나무 끝에 달아 두고 지나다니는 사람들이 보게 하였다.

임금께서 남한산성으로 향하신 뒤 오랑캐가 물 밀듯이 들어와 조정의 모든 신하를 사로잡아 놓고 호령하니 그 호령소리는 서리와 같이 날카로웠다. 나라의 운세가 불행하여 이 지경에 이르자 영의정 최명길이 아뢰었다.

"오랑캐에게 화친을 청함이 좋을까 하나이다."

임금께서 하늘을 우러러 탄식하시고 항복의 글을 써 오랑캐 진에 보내셨다. 오랑캐는 화친을 허락하고 그 대가로 왕비와 세자, 대군 삼 형제와 비빈을 다 볼모로 잡아가려고 했다. 즉시 군사를 보내어 이들을 압송하게 하고 한양으로 행군하였다.

임금이 그 거동을 보시고 더욱 애통해하시니, 조정의 신하 또한 하늘을 우러러 탄식하고 위로하였다.

"전하! 옥체를 보전하심을 천만 번 바라나이다."

그리고 김자점의 잘못을 원망하였다.

"이같이 됨은 하늘의 운수이려니와 특히 천하의 소인배 김자점이 적을 도와 망하게 하였으니 어찌 슬프지 않으리오?"

성안에 가득찬 백성도 김자점을 원망하였다.

한편 용울대는 화친의 문서를 받아 가지고 한양으로 들어갔다. 이때 순초군*이 용골대가 죽은 사연을 보고하였다.

"용장군이 계집의 손에 죽었나이다."

용울대가 이 말을 듣고 크게 놀라 통곡하면서 말했다.

"내 이미 조선왕이 화친을 청하는 것을 받았거늘 누가 감히 내 아우를 해하였는고? 아우의 복수는 내가 하고 말리라."

용울대는 군사를 재촉하여 우의정 시백의 집에 다다랐다. 그 집의 후원에 있는 초당 앞 나무 위에 용골대의 머리가 달려 있었다. 용울대

---

* 순초군(巡哨軍) | 돌아다니며 적의 정세를 염탐하는 군사.

는 동생의 머리를 보고 더욱 분함을 참지 못하여 칼을 들고 말을 몰아 쳐들어가고자 하였다. 이때 도원수 한유가 피화당에 무성한 나무를 보고 크게 놀라 용울대를 말렸다.

"그대는 잠깐 분한 마음을 진정하여 내 말을 들으시오. 초당의 나무를 보니 범상치 아니한지라. 옛날 제갈공명의 팔문금사진법*을 썼으니 어찌 두렵지 아니하리오? 그대 동생은 험한 지역인 줄 모르고 남을 가볍게 여기다가 목숨을 재촉하였으니 누구를 원망하리오? 그대는 옛날 육손*이 어복포에서 제갈공명의 팔진도*에 들어 고생하던 일을 생각하여 험한 지역에 들어가지 마라."

용울대가 더욱 분함을 참지 못하여 칼을 들어 땅을 두드리고, 하늘을 우러러 탄식하며 말했다.

"그러하오면 골대의 원수를 어떻게 갚을 수 있사오리까. 만리 타국에 우리 형제가 함께 나와서 큰일을 이루었음에도 불구하고 동생을 죽이고 복수도 못하오면 어찌하나이까? 한 나라의 대장으로 조그마한 여자에게 굴복하는 것은 옳지 않습니다. 어떻게 후세의 웃음을 면하오리까."

한유가 대답했다.

"그대가 한때의 분을 참지 못하고 한갓 용맹만 믿고 저렇게 험한 지역에 들어갔다가는 복수는 고사하고 도리어 목숨을 보전치 못할 것이옵니다. 잠깐 진정하고 그 신기한 재주를 살펴볼지어다. 비록 억만 대병을 몰아 들어간다 하여도 그 안은 감히 엿보지도 못하고 군사는 하나도 살아남지 못할 것이옵니다. 하물며 혼자 들어가고자 하니 어찌 살기를 바라리오."

 용울대가 그 말을 듣고 옳게 여겼다. 집 안으로 들어갈 수 없음을 분하게 여겼다. 즉시 군사를 호령하여 그 집을 에워싸고 일시에 불을 놓으라고 명령했다. 용울대의 명령을 들은 군사들이 일시에 불을 놓았다.

 불을 놓자마자 오색 구름이 자욱하게 피어오르면서 수목이 변하여 무수한 장졸이 되었다. 장졸들의 징소리, 북소리, 고함소리가 천지를 진동하였다. 수많은 비룡과 맹호가 서로 머리를 맞대자 풍운이 크게 일어나며 전후좌우로 집을 겹겹이 에워쌌다. 갑옷을 입고 장창과 대검을 든 신장神將들은 공중으로부터 내려와 무수한 신병*을 지휘했다. 징소리, 북소리, 고함소리에 천지가 무너지는 듯하고, 호령소리에 오랑캐 군사는 넋을 잃었다. 항오行伍를 차리지 못하고 우왕좌왕하는 바람에 서로 밟혀 죽는 자가 무수하였다.

 오랑캐 장수가 황망히 군사를 후퇴시키니 그제야 하늘이 맑아지며 살벌한 소리가 그치고 신장은 간 데가 없었다. 오랑캐 장수가 그 거동을 보고 더욱 분기를 이기지 못하여 다시 칼을 들고 짓쳐 들어가고자 하였다. 그러자 다시 청명하던 날이 순식간에 구름과 안개가 자욱하여 아주 가까운 거리도 분별하지 못할 정도로 변했다. 용울대가 감히 들어가지 못하고 동생의 머리만 쳐다보고 탄식할 즈음에 홀연 나무 사이

---

* 팔문금사진법(八門金蛇陣法) | 제갈공명이 여덟 개의 문을 이용해 만들었다는 진법.
* 육손(陸遜) | 중국 삼국시대 오(吳)나라의 명장.
* 팔진도(八陣圖) | 중군을 가운데 두고 전후좌우, 네 귀퉁이에 여덟 진을 치는 진법의 그림.
* 신병(神兵) | 신이 보냈거나 신의 가호를 받는 군사.

백구

로 한 여자가 천천히 나서며 크게 소리쳤다.

"이 무지한 용울대야! 네 동생 골대가 내 칼에 죽은 혼이 되었거니와 너조차 내 칼에 죽고 싶어 목숨을 재촉하느냐?"

용울대가 이 말을 듣고 더욱 분노하여 크게 소리쳐 꾸짖었다.

"너는 어떠한 여자인데 장부를 대하여 요망한 말을 하느냐! 내 동생이 불행하여 네 손에 죽었도다. 그러나 내가 이미 조선 왕의 항복을 받았으니 너희도 우리나라의 신하나 마찬가지다. 어찌 우리를 해하려 하느냐? 이는 나라가 무엇인지도 모르는 여자로다. 살려 두어도 쓸데없을 것 같으니 빨리 나와 내 칼을 받아 죄를 벗어라."

계화가 용울대의 말을 들은 척도 아니하고 용골대의 머리를 가지고 능멸하면서 말했다.

"나는 충렬 부인 박씨의 시비 계화이다. 너의 일을 생각하니 가련하고 보잘것없구나. 네 동생 골대는 나 같은 여자의 손에 죽고, 너 또한 나를 당하지 못하고 저렇게 분함을 이기지 못하니 어찌 가련하지 아니하리오."

용울대는 더욱 분기를 참지 못하고 철궁에 작은 화살을 메겨 쏘았다. 계화가 몸을 날려 피하자 그 화살은 육칠 보 떨어진 곳에 가 떨어졌다. 용울대가 더욱더 분기를 참지 못하여 군사들에게 계속해서 화살을 쏘라고 명령하였다. 군사들이 명령을 듣고 일시에 화살을 쏘았으나 모두 빗나갈 뿐이었다. 화살만 헛되이 쓰자 용울대는 가슴이 꽉 막혀 어찌할 줄 몰라 쩔쩔매며 오히려 그 신기함에 탄복만 할 뿐이었다. 급기야 김자점을 불러 말했다.

"너희도 이제 우리나라의 신하이다. 어서 바삐 도성의 군사를 뽑아서 저 팔진도를 파하고 박씨와 계화를 사로잡아 들여라. 만일 그렇지 않으면 군법을 시행하리라."

김자점이 황공하여 대답했다.

"어찌 장군의 명령을 거역하리까?"

김자점이 군사를 호령하여 팔문금사진을 에워싸고 좌우로 공략하였다. 그러나 어찌 팔문금사진을 파하리오.

용울대가 꾀를 하나 생각해 냈다. 군사를 명하여 팔문금사진 사면에 화약을 묻고는 크게 소리쳤다.

"너희가 아무리 변화무쌍한 술법을 가졌다 할지라도 어찌 살기를 바라리오. 목숨을 아끼거든 바로 나와서 항복하라."

용울대가 소리를 지르며 무수히 욕을 했으나 한 사람도 대답하지 않았다.

오랑캐, 박씨에게 무릎을 꿇다

용울대가 군중에 명령을 내려 일시에 불을 지르니 화약이 터지는 소리가 산천이 무너지는 듯하였다. 불이 사방에서 일어나며 불빛이 하늘에 가득하였다.

박씨는 계화에게 명령하여 부적을 던지게 하였다. 그리고 왼손에 든 빨간색 부채와 오른손에 든 흰색 부채를 오색 실로 매어 화염 안으로 던졌다. 갑자기 피화당에서 큰 바람이 일어나며 도리어 오랑캐 진 안으로 불길이 들이쳤다. 졸지에 오랑캐 군사가 불 속에 싸였다. 천지를 분별하지 못하여 불에 타 죽은 오랑캐 군사의 수는 헤아리기 어려울 정도로 많았다. 용울대가 크게 놀라 급히 퇴각하며 하늘을 우러러 탄식하였다.

"군사를 일으켜 조선에 나온 뒤 사상자가 한 명도 없었고, 대포소리 한 번에 조선을 항복시켰다. 그런데 이곳에 와서 신이한 여자를 만나 불쌍한 동생을 죽였으니 무슨 면목으로 임금과 왕비를 뵐 수 있으리오?"

용울대가 통곡을 하자 여러 장수가 좋은 말로 위로하였다.

"아무리 하여도 저 여자에게 복수할 수는 없사오니 퇴군하는 것이 옳을 듯하옵니다."

용울대는 장수들의 말을 듣고 퇴군하기로 결심했다. 퇴군하는 길에 왕비와 세자, 대군, 그리고 성안의 좋은 물건을 거두어 돌아가고자 하니, 백성의 울음소리가 산천을 진동했다.

이때 박씨가 계화에게 적진을 향해 크게 외치게 하였다.

"무지한 오랑캐놈아! 내 말을 들어라. 너희 왕은 우리를 몰라보고 너같이 젖비린내 나는 어린애를 보내어 조선을 침략하였도다. 나라의 운세가 불행하여 패망을 당하기는 했으나 무슨 연고로 우리나라 사람을 거두어 가려고 하느냐? 만일 왕비를 모셔갈 뜻을 버리지 않으면 너희를 몰살할 것이니 목숨을 돌아보라."

오랑캐 장수가 이 말을 듣고 웃으며 말했다.

"너의 말은 참으로 하잘 것 없도다. 우리가 이미 조선 왕의 항복을 받아서 데려가는 것이다. 데려가든지 말든지는 우리 손에 달렸다. 너는 구차하게 그런 말을 하지 마라."

계화가 다시 소리쳤다.

"너희가 마음을 고치지 아니하니 불행하도다. 나와서 내 재주를 구경하라."

계화는 말을 마치자마자 무슨 진언을 외웠다. 문득 공중에서 두 줄 무지개가 일어나더니 우박이 쏟아 붓듯이 떨어졌다. 이어서 폭우와 폭설이 내렸다. 순식간에 땅은 얼음판이 되었다. 오랑캐 장졸의 발과 말발굽이 얼음에 붙어 떨어지지 않으니 걸음을 걸을 수가 없었다. 오랑캐 장수가 그제야 깨닫고는 말했다.

"당초에 왕비가 '조선에 신인이 있을 것이니 부디 우의정 이시백의 집 후원을 범하지 마라.'고 당부를 하셨다. 그런데 우리가 일찌감치 이를 깨닫지 못하였도다. 또한 한때의 분한 것만 생각하여 왕비의 당부를 잊고 이곳에 와서 도리어 앙화를 받아 십만 대병을 다 죽일 지경이 되었도다. 이뿐 아니라 골대도 죄 없이 죽었으니 무슨 면목으로 왕비를 뵈리오. 우리가 이 같은 일을 당하였으니 부인에게 비는 것이 옳을 듯하도다."

오랑캐 장수들이 갑옷을 벗어 말안장에 걸어 놓고, 스스로 손을 묶어 팔문진 앞에 나아가 땅에 엎드려 죄를 청하며 말했다.

"소장이 천하를 횡행하다가 조선까지 나와 한 번도 무릎을 꿇은 적이 없었나이다. 그러나 부인 앞에는 무릎을 꿇어 비나이다."

장수들은 머리를 조아려 애걸하고 또 빌었다.

"왕비는 모셔 가지 않을 것이니 소장 등에게 길을 열어 돌아가게 하옵소서."

오랑캐 장수는 무수히 애걸하였다. 그제서야 박씨가 주렴을 걷고 나와 크게 꾸짖었다.

"너희들을 씨도 없이 없애 버리고자 하였다. 그러나 내가 인명을 살해하는 것을 좋아하지 아니하기에 용서하노라. 네 말대로 왕비는 모셔 가지 말 것이며, 너희들이 부득이 세자와 대군을 모셔 간다 하니 그도 하늘의 뜻이니 거역하지 못하거니와 부디 조심해서 모셔 가도록 하라. 나는 방에 앉아서도 모든 것을 다 아는 재주가 있다. 만일 내가 말한 대로 하지 않으면 신장과 신병을 모아 너희를 다 죽이고 나도 네 나라에 들어가 왕을 사로잡아 분을 씻고 죄 없는 백성을 하나도 남기지 않을 것이다. 내 말을 거역하지 말고 명심할지어다!"

"소장 아우의 머리를 내어 주시면 바로 고국에 돌아가겠나이다."

"옛날 조양자는 지백의 머리에 옻칠을 하여 술잔을 만들어 원수를 갚았다. 나도 옛날 일을 생각하여 골대의 머리에 옻칠을 하여 남한산성에서 패한 분을 만 분의 일이나 풀리라. 너의 정성은 지극하나 각기 그 임금 섬기기는 마찬가지라. 아무리 애걸하여도 그것은 못하리라."

용울대는 이 말을 듣고 분한 마음을 억누를 수 없었다. 그러나 어떻게 할 재주가 없어 골대의 머리를 보고 통곡만 할 따름이었다. 하는 수 없이 박씨를 하직하고 행군하려고 하였다. 이때 박씨가 다시 말했다.

"너희가 행군을 하되 의주로 가서 임장군을 보고 가라."

용울대가 그 계교를 모르고 속으로 생각했다.

'우리가 조선 왕의 항복을 받았으니 만나도 상관없다.'

다시 박씨에게 하직하고 의주로 향했다. 이때 잡혀가는 부인들이 하늘을 우러러 통곡하며 말했다.

"박씨는 무슨 복으로 화를 면하여 고국에 편안히 있고, 우리는 무슨 죄로 만리 타국에 잡혀가는고? 이제 가면 어느 때에나 고국산천을 다시 볼꼬?"

무수히 많은 부인이 통곡하며 눈물을 흘리니, 박씨가 계화로 하여금 위로하게 하였다.

"인간의 고락은 늘 있는 일이라. 너무 슬퍼하지 말고 들어가 있으면 삼 년 안에 세자 대군과 모든 부인을 모셔 올 사람이 있을 것이다. 부디 안심하고 무사히 가기를 바라노라."

오랑캐 군사가 조선으로 나올 때 병사를 중로에 매복하여 한양과 의주가 서로 통하지 못하게 하였다. 이 때문에 변을 만나 의주에 봉서를 내려서 임경업을 불러들였으나 중간에서 스러지고 말았다. 경업은 나라가 패망한 줄을 전혀 모르고 있다가 뒤늦게 소식을 들었다. 분한 마음을 안고 주야로 달려 한양으로 올라오던 중에 길을 막는 군사를 만났다. 경업이 바라보니 곧 오랑캐 군사였다. 분한 기운이 일어나 칼을 들고 적진으로 돌격했다. 한 번 접전에 오랑캐 군사를 다 무찔렀다.

그래도 분한 기운을 참지 못하여 필마단기匹馬單騎로 의주를 떠나 바로 한양으로 향했다. 이때 의기양양하게 한양에서 나오는 용울대와 맞부딪쳤다. 경업이 앞에 나오는 선봉장의 머리를 일합에 베어 들고 좌충우돌하며 적진을 헤집었다. 경업이 무인지경으로 왕래하면서 이곳저곳 돌아다니니 오랑캐 군사의 머리가 마치 추풍낙엽과 같이 떨어졌다. 오랑캐 군사는 감히 대응하지 못하였다. 경업의 칼에 죽은 군사는 헤아릴 수 없이 많았다.

한유와 용울대는 비로소 박부인의 계교에 빠진 줄을 깨닫고 하늘을 우러러 통곡하면서 즉시 글월을 닦아 대궐로 보냈다. 임금께서 용울대의 글을 보시고 즉시 경업에게 조서*를 내렸다.

이때 경업이 일합에 적진 장졸을 무수히 죽이고 바로 용울대를 죽이려고 하였다. 그때 마침 대궐에서 내려오는 사자에게 조서를 받았다. 경업은 임금이 계신 북쪽을 향해 절을 하고 조서를 떼어 보았다.

나라의 운세가 불행하여 모월 모일에 오랑캐가 동으로 돌아 동대문을 깨치고 성안을 습격하였기에 짐이 남한산성으로 피란하였다. 십만 적병이 여러 날 동안 산성을 에워싸고 급히 치니, 경도 천 리 밖에 있고 수하에 유능한 장수가 없어 능히 당하지 못하매 부득이 화친을 하였으니 이 어찌 슬프지 않으리오. 이 모든 것이 하늘의 운수이니 분하나 어찌하리오. 경의 충성은 알고 있으나 지금은 이득이 없는 상황이라. 오랑캐 장졸이 내려가거든 항거하지 말고 보내라.

임경업이 조서를 다 읽고 나서 칼을 땅에 던지고 대성통곡하면서 말했다.
"슬프다! 조정에 소인배가 있어 나라를 이같이 망하게 하였으니, 어찌 하늘이 이같이 무심하신고."
통곡하기를 그치지 아니하다가 분한 기운을 억제하지 못하여 다시 칼을 들고 적진으로 쳐들어가 적장을 잡아 꿇리고 꾸짖었다.
"네 나라가 지금까지 지탱할 수 있었던 것은 모두 나의 힘이었도다. 이를 모르고 무지한 오랑캐놈들이 천명을 거역하는 마음을 두어 우리나라를 침범하였으니 너희 일행을 씨도 남기지 말고 없애 버려야 할 것이로다. 그러나 우리나라의 운수가 이처럼 불행하여 왕의 명령을 거역하지 못하는 고로 너희 놈들을 살려 보낸다. 세자와 대군을 평안히 모시고 들어가라!"
경업은 일장통곡을 한 후에 오랑캐를 보냈다.

* 조서(詔書) | 임금의 뜻을 일반에게 알릴 목적으로 적은 문서.

백십구

부귀영화 누리는 정렬 부인 박씨

한편 임금께서 박씨의 말을 처음부터 듣지 않은 것을 못내 후회하시니 모든 신하가 탄식하면서 아뢰었다.

"박씨의 말대로 하였던들 어찌 이런 변이 있었겠사옵니까?"

임금께서 한탄하기를 그치지 않고 말했다.

"박씨가 만일 장부로 태어났더라면 어찌 오랑캐를 두려워하였으리오. 하물며 규중의 여자가 적수단신*으로 무수한 오랑캐의 예기를 꺾어 조선의 위엄을 빛냈으니, 이는 고금에 없는 일이라."

임금께서는 충렬 부인 박씨에게 다시 정렬 부인貞烈夫人의 칭호를 하사했다. 아울러 일품의 녹으로 만금의 상을 내리시고 또 조서를 내리셨다. 박씨는 임금이 계신 북쪽을 향해 절을 하고 조서를 받아 읽었다.

짐이 밝지 못하여 정렬의 선견지명과 나라를 위하는 말을 듣지 아니한 탓으로 나라가 이 지경이 되었으니, 정렬에게 조서를 내리는 것이 오히려 부끄럽도다. 정렬의 덕행과 충효는 이미 아는 바이다. 규중에 있으면서도 나라의 위엄을 빛내고 왕비의 위태함을 구하였으니 다시 정렬

* 적수단신(赤手單身) | 맨손의 홀몸.

의 충성을 일컬을 바가 없도다. 오직 나라와 더불어 영화와 고락을 같이 하기를 그윽이 바라노라.

정렬 부인 박씨는 조서를 다 읽고 임금의 은혜에 깊이 감사드렸다.
이후로 정렬 부인 박씨는 나라에 무슨 일이 있으면 충성을 다하고, 비복들은 의리로 다스리고, 친척간에 화목하게 지내 그 덕행이 온 나라 사람들 입에 오르내렸고, 이름이 후세에까지 전하였다.
시백은 태평시절의 재상이 되어 부귀영화가 극진하니 온 조정 신하와 백성이 추앙하였다. 시백의 부부는 많은 자손을 낳아 집안에는 행복이 가득했다. 흥진비래는 예부터 늘 있는 일이라. 행복하게 지내던

　박씨와 시백이 나란히 병이 들었다. 온갖 약을 써도 효과가 없었다. 시백 부부는 자손을 불러 놓고 후사를 당부하였다.

　"옛 성인이 말씀하시되, '세상에 살아 있는 것은 붙어 있는 것이요, 죽는 것은 돌아감이라.' 하셨으니, 우리 부부의 복은 무한하다 할 것이로다. 인생의 삶과 죽음은 응당 있는 일이니 우리가 돌아간 후에도 너희는 지나치게 슬퍼하지 마라."

　자손에게 이같이 당부하고 부부가 잇달아 세상을 떠났다. 집안 사람들은 발상을 하고 예를 극진히 하여 선산에 안장하였다. 임금께서 시백 부부의 죽은 소식을 들으시고 슬퍼하시며 부의로 비단과 금은을 하사하여 장사를 치르는 데 보태게 하셨다. 이후로 집안에 자손이 그치지 아니하고 자손의 관운도 대대로 그치지 아니하여 가문이 계속해서 크게 일어났다.

　대개 사람이 세상에 태어날 때에는 남녀를 막론하고 재주와 덕행을 함께 갖추기가 쉽지 않다. 그러나 박씨는 일개 여자로 태어났음에도 불구하고 재주와 덕행뿐만 아니라 신기하고 묘한 꾀도 갖추었다. 중국 한나라 때 제갈공명을 본받은 것으로 세상에 드문 일이다. 이런 재주를 갖고 여자로 태어났으니 얼마나 아까운가? 이는 조선의 운세에 하늘의 뜻이 이러하기에 특별히 드러나지 못한 것이다. 대강 전설傳說로 전해지는 이야기를 기록하게 되니 한스럽기 그지없다.

이후로 계화도 승상부부의 삼년상을 극진히 받들고 우연히 병들어 세상을 떠났다. 나라에서는 계화가 죽은 사연을 듣고 장하게 여겨 충비忠婢로 봉하였다.

박씨의 충절, 덕행과 재모才貌, 기계奇計는 희귀한 일로 세상에서 사라지는 것이 아깝기에 대강 기록하노라.

소설 속 인물

관우(關羽, ?~219년)

중국 삼국시대 촉蜀나라의 장수로 관운장關雲長이라고도 한다. 유비, 장비와 함께 의형제를 맺고, 평생 그 의를 저버리지 않았다. 적벽대전 때에는 수군을 인솔하여 큰 공을 세워 그 무력과 위엄은 조조와 손권마저 두려워하였다. 그러나 형주에서 촉나라 세력의 확립을 위하여 진력하다가 조조와 손권의 공격을 받고, 사로잡혀 죽음을 당하였다. 관우는 소설 『삼국지연의』에서 충신의 전형으로 등장하고 있다. 송나라 때 이후로 관우를 무신武神 또는 재신財神으로 모셨다. 이로써 신앙의 대상이 되기도 하였다.

김자점(金自點, 1588~1651년)

정식으로 과거를 치르지 않고 조상의 덕으로 벼슬을 얻는 음보로 벼슬에 나갔다. 최명길崔鳴吉, 심기원沈器遠 등과 함께 인조반정에 가담하여 공을 세웠다. 병자호란이 일어나자 적절히 대처하지 못하고 토산兎山에서 크게 패하였다. 전쟁이 끝난 직후 패전에 대한 책임을 지고 먼 섬으로 유배되었다. 그 뒤로도 패전에 대해

심한 공격을 하는 일반 선비들에 의해 계속해서 많은 비난을 받았다. 공식적인 과거를 거치지 않은 공신으로서 지나친 권력 추구와, 청나라에 대한 매국 행위 등 당시 선비 사회의 명분에 어긋나는 갖가지 행동으로 인해 인조왕 이후로 오랜 세월을 두고 비난을 받아온 인물이다.

두보(杜甫, 712~770년)

중국 당나라 때의 시인으로 두자미로도 불린다. 이백과 더불어 중국 최고의 시인으로서 시성詩聖이라 불렸으며, 이백과 함께 부르는 호칭으로 이두李杜라고도 한다. 소년 시절부터 시를 잘 지었으나 과거에는 급제하지 못하였고, 각지를 방랑하여 이백 등과 알게 되었다. 그의 시는 일상생활을 제재로 한 것이 많은데, 인간과 자연 가운데서 새로운 감동을 찾아내어 시를 지었으며, 표현에도 심혈을 기울였다고 한다.

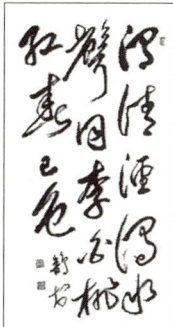
두보시

번쾌(樊噲, ?~기원전 189년)

한나라 고조 때의 공신이다. 원래 개고기를 파는 미천한 신분이었으나, 유방이 군사를 일으킨 뒤에는 그를 따라 무장으로서 용맹을 떨쳐 공을 세웠다. 홍문의 잔치 모임에서, 항우에게 죽음을 당할 위기에 놓인 유방을 극적으로 구해 내었다. 유방이 즉위한 뒤 재상이 되었으며, 그 뒤 여러 번 반란을 평정하였다.

비간(比干, 기원전 1092~1029년)

중국 고대 3왕조의 하나인 은殷나라 주왕紂王은 본시 지혜와 용기를 겸비한 현명한 임금이었으나, 달기라는 요부에 빠져 그만 극악무도한 폭군이 되고 말았다. 이를 지성으로 간한 신하 중 삼인三仁

백이십오

으로 불리던 세 왕족이 있었다. 바로 미자微子, 기자箕子, 비간比干이다. 미자는 주왕의 형으로서 누차 간했으나 듣지 않자 국외로 망명했다. 기자도 망명했다. 그는 신분을 감추기 위해 거짓미치광이가 되고 노예로 전락하기도 했다. 그러나 왕자 비간은 끝까지 간하다가 결국 가슴을 찢기는 극형을 당하고 말았다.

소진(蘇秦)

중국 전국시대 중엽의 유세가遊說家이다. 일개 서생 출신으로 지모와 능숙한 화술로 부귀공명을 얻어 그 이름을 천하에 떨쳤으므로 진나라의 장의와 함께 전국시대 책사策士의 제1인자로 불린다. 그의 동생 소대, 소여도 유세가로 유명하다. 소진에 대한 기록은 『전국책戰國策』에 자세히 있으나, 당시의 역사적 사실과 맞지 않는 점이 많아 후세에 와서 억지로 뜯어 맞춘 것이라는 설도 있다.

양귀비(楊貴妃, 719~756년)

중국 당나라 때 왕인 현종玄宗의 비다. 17세 때 현종의 제18왕자 수왕壽王의 비가 되었다. 현종의 비가 죽은 후에 현종의 눈에 들어 총애를 받기 시작했다. 이후로 사람들의 눈을 피하면서 차차 황제와 가깝게 지냈으며, 27세에 정식으로 귀비貴妃가 되

양귀비 묘

었다. 역사 기록에도 그녀를 절세의 미인인데다가 가무에도 뛰어났고, 군주의 마음을 끌어당기는 총명을 겸비하였다고 전하고 있다. 시인 이백은 양귀비를 활짝 핀 모란에 비유하기도 했다.

오방신장(五方神將)

민속에서 동서남북과 중앙의 5방위를 지키는 신을 일컫는다. 오방신, 오방장군

오방신장

이라고도 한다. 동·서·남·북·중앙을 각각 청제靑帝·백제白帝·적제赤帝·흑제黑帝·황제黃帝라고 부르며, 청룡·주작·백호·현무·황룡의 동물로 나타내기도 한다. 오방을 청·백·적·흑·황의 색채로 표시하는 것은 춘·하·추·동의 계절과도 관계가 있다. 무당들은 오방신장을 무신巫神으로 섬기며, 민간에서도 마을을 수호하는 역할을 하는 장승에 버금가는 신으로 모신다.

오방기

왕희지(王羲之, 307~365년)

왕희지관아도 왕희지체

중국 동진東晉시대의 서예가이다. 한나라·위나라의 비문을 연구하여 해서·행서·초서의 각 서체를 완성하면서 서예의 가치를 높였다. 특히 예서隸書를 잘 썼고, 당시 성숙하지 못하였던 해서·행서·초서의 3체를 예술적인 서체로 완성한 데 가장 큰 공적이 있다. 당나라 태종이 왕희지의 글씨를 사랑한 나머지 온 천하에 있는 그의 붓글씨를 모아, 한 조각의 글씨까지도 애석히 여겨 죽을 때 자기의 관에 넣어 묻게 하였다고도 한다.

백이십칠

용봉(龍逢)

중국 하夏나라 걸왕桀王의 신하인 관용봉關龍逢. 걸왕의 무도함을 간하다가 죽음을 당했다.

원두표(元斗杓, 1593~1664년)

인조반정 모의에 참가하여 반정의 성공으로 공신 자리에 올랐다. 이괄의 난을 평정하는 데 공을 세워 전주부윤(현 전주시장)이 되고, 나주목사를 거쳐 전라도관찰사 등을 지냈다. 병자호란 때는 어영부사라는 벼슬로 남한산성을 지켰고, 50세에 형조판서로 승진되었으며, 뒤이어 강화부유수·경상도관찰사 등을 지냈다. 이 동안에 같은 파에 속한 김자점金自點과의 정권 다툼으로 당파가 갈라져 당의 영수가 되었고 이후 김자점과 사이가 좋지 않았다.

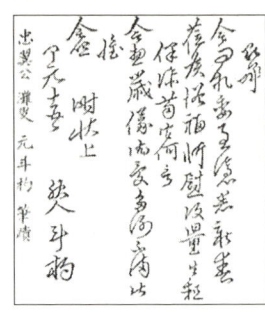

원두표 글씨

유비(劉備, 161~223년)

중국 삼국시대 촉한蜀漢의 제1대 황제로 유현덕이라고도 한다. 소설 『삼국지연의』의 주인공으로 우리에게 잘 알려진 인물이다. 관우關羽·장비張飛와 결의형제하여 손권·조조와 한나라의 패권을 다투었다. 제갈량을 맞아들여 전략가로 활용했으며, 촉나라를 수중에 넣고, 한중漢中을 공격하여 한중왕이 되었다. 조비曹丕가 한나라 헌제의 양위讓位를 받아 위魏의 황제가 되자, 221년 그도 제위에 올라 한의 정통을 계승한다는 명분으로 국호를 한漢:蜀漢이라 하였다. 관우의 복수를 위해 오나라를 공격하였으나 대패하였고, 후사를 제갈량에게 맡기고 병들어 죽었다.

육십사괘

운명 판단의 원리로 복희伏羲가 처음으로 8괘를 만들고, 그 뒷사람이 그중 2괘씩을 겹쳐 64괘를 만들었다고 한다. 이는 인간의 길흉화복을 판단하는 바탕이 된다. 64괘를 만든 인물에 대해서는 신농神農을 말하는 이도 있고, 하夏의 우왕禹王을 말하는 이도 있고, 주周의 문왕文王을 말하는 이도 있으나 확실한 것을 알 수 없다.

이백(李白, 701~762년)

중국 당나라 때의 시인으로 이태백으로도 불린다. 중국 최대의 시인이며, 시선詩仙이라는 별칭을 갖고 있다. 지금까지 전하는 시는 1,100여 편이 있다. 그의 생애는 불분명한 점이 많아, 태어난 때를 비롯하여 상당한 부분을 추정에 의존하고 있다. 이백의 생애는 방랑으로 시작하여 방랑으로 끝났다. 그러나 그의 방랑은 단순한 방랑이 아니고, 정신의 자유를 찾는 것이었다. '술에 취하여 강물 속의 달을 잡으려다가 익사하였다.'는 전설도 있다.

이시백(李時白, 1581~1660년)

조선시대의 문신으로 인조대왕 시절에 일어났던 이괄의 난을 평정하여 공을 세우면서 벼슬을 시작했다. 병자호란이 일어나던 해에 병조참판이라는 벼슬을 하면서 남한산성을 방어하는 수어사를 겸하였다. 병자호란이 일어

이시백 선정비

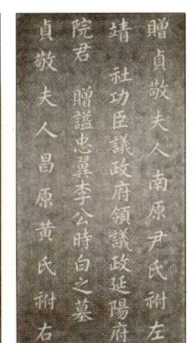

이시백 묘표

나자 남한산성으로 피란 온 인조를 맞이했으며, 성을 수비하는 장수의 임무를 맡았다. 청나라와의 화친을 반대한 척화신이었으므로 전쟁이 끝난 후 아들을 청나라에 볼모로 보냈다.

임경업(林慶業, 1594~1646년)

조선시대의 명장으로 주로 북방 방어의 임무를 띠고 오랑캐를 막는 활약을 하였다. 명나라를 반역한 군대를 섬멸한 공으로 명나라 왕에게서 많은 상을 받았다. 이때부터 명나라에도 크게 알려졌다. 이 때문에 병자호란을 일으킨 청나라 군대도 임경업이 지키는 백마산성을 포기하고 직접 서울로 진격했다. 병자호란 이후 몰래 명나라를 위하는 일을 하다가 들켜서 청나라에서 잡아갔으나 도중에 탈출을 하였고, 거짓으로 중의 차림을 하고 숨어 지내다가 명나라로 망명하였다. 그러나 김자점 등의 계략에 의해 조선으로 송환되어 인조왕의 심문을 받았다. 이때 자기 나라를 배반하고 남의 나라에 들어가서 국법을 어겼다는 죄를 뒤집어쓴 채 모진 매를 맞고 숨졌다.

백마산성을 지킨 임경업

장의(張儀, ?~기원전 309년)

중국 전국시대戰國時代 위魏나라의 모사謀士꾼이다. 소진과 함께 귀곡 선생鬼谷先生에게 가르침을 받았다. 처음에 초楚나라에 가서 옥으로 만든 그릇을 훔친 혐의를 받고 볼기를 맞은 뒤 추방되었으나 제후에 대한 유세遊說를 계속하였다. 소진의 주선으로 진秦나라에서 벼슬살이를 하게 되어 혜문왕惠文王 때 재상이 되었다.

장자방(張子房, ?~기원전 168년)

중국 한나라 고조 유방劉邦의 공신으로 본명은 장량張良이다. 진나라에 난이 일어났을 때 유방의 진영에 있었으며, 항우와 유방이 만난 '홍문의 잔치'에서는 유방을 위기에서 구하였다. 선견지명이 있는 책사策士로서 한나라의 서울을 진나라의 옛 터전인 관중關中으로 정하고자 한 유경劉敬의 주장을 지지하였다. 소하蕭何와 함께 책략에 뛰어나 한나라를 세우는 데 힘썼다.

제갈공명(諸葛孔明, 181~234년)

중국 삼국시대 촉한蜀漢의 전략가로, 본명은 제갈량諸葛亮이다. 후한 말의 전란을 피하여 벼슬에 나가지 않았으나 명성이 높아 와룡선생臥龍先生이라 일컬었다. 위나라의 조조에게 쫓겨 형주 땅에 와 있던 유비劉備에게서 '삼고초려三顧草廬'의 예로 초빙되어 유비의 전략가가 되었다. 조조의 대군을 적벽 전투에서 대파하고, 형주와 익주 땅을 유비의 영토로 만들었다. 그 후로도 수많은 전공을 세웠고, 한나라의 멸망을 계기로 유비가 촉나라 제왕에 오르자 재상이 되었다.

조자룡(趙子龍, ?~229년)

중국 삼국시대 유비의 장수로 본명은 조운趙雲이다. 처음에는 공손찬의 휘하에 있다가 나중에 유비의 신하가 되어 용맹을 떨쳤다. 유비가 장판에서 조조에게 쫓겨 유아였던 아들 선과 감부인을 버리고 도망갔을 때 조운이 단신으로 이를 구출했다. 한중 전투에서 노장군 황충과 함께 선봉을 맡아 한중을 조조로부터 빼앗는 데 큰 공을 세웠다. 그는 주로 유비의 호위 대장을 맡아 중책을 어김없이 수행했다. 소설 『삼국지연의』에 등장하는 여러 장수 가운데 무용, 충절 등에서 조자룡만한 장수는 거의 없다고 평가한다.

조조(曹操, 155~220년)

중국 삼국시대 위왕조魏王朝를 세운 장군으로 조맹덕曹孟德이라고도 불린다. 황건적의 난을 평정하여 공을 세우고, 두각을 나타내기 시작했다. 손권孫權·유비劉備의 연합군과 적벽赤壁에서 싸워 크게 패한 후, 그 세력이 강남江南에는 미치지 못하였다. 같은 해 승상丞相이 되고, 213년에는 위공魏公, 216년에는 위왕魏王의 자리에 올랐다. 그는 정치적으로 실권은 잡았으나 스스로는 제위에 오르지 않았다. 문학을 사랑하여 문인들을 중시했으며, 두 아들 조비曹조·조식曹植과 함께 시에 재능이 뛰어났다. 후세에 간신의 전형처럼 여겨져 왔는데, 근년에 이르러 중국 사학계에서는 그를 재평가하는 논쟁이 일기도 하였다.

진시황(秦始皇, 기원전 259~210년)

중국 최초의 중앙집권적 통일제국인 진秦나라를 건설한 전제 군주이다. 기원전 230~221년에 한韓·위魏·초楚·연燕·조趙·제齊 나라를 차례로 멸망시키고 천하통일의 위업을 달성하였다. 통일 후 스스로 시황제라 칭하고 강력한 중앙집권정책을 추진하였으며, 만리장성을 건설하

진시황릉

였다. 성격이 사납고 신하를 엄격히 다스렸으며, 대단히 정력적이고 유능한 군주의 자질을 갖춘 인물로 평가받는다. 만년에는 불로장생의 선약을 구하는 등 어리석음을 보이기도 하였으며, 가혹한 법치를 내세워 백성에게 고통을 주기도 했다.

한무제(漢武帝, 기원전 156~87년)

중국의 전한前漢 제7대 황제이다. 즉위한 후 권세를 부리는 신하들을 내쫓고 어질고 겸손한 선비를 등용하여 관리의 자질을 향상시켰다. 중앙집권을 강화하여 주변의 나라들을 모두 복속시켜 국토를 확대하였으며 중앙아시아를 통해 동서교섭을 왕성하게 했다. 특히 동쪽으로는 고조선을 공격하여 왕검성을 함락시키고 낙랑군·진번군·임둔군·현도군의 4군을 두어 군현제를 실시한 인물로 우리나라와 관련이 깊다. 영토 확장에 성공한 반면, 궁전과 이궁을 짓고, 불로장생을 너무 믿은 나머지 무리한 정치를 펼치기도 했다.

항아(姮娥)

중국 고대신화에 나오는 달의 신으로 상아嫦娥·상희嫦羲라고도 한다. 예부터 전해오는 기록에 의하면 서왕모西王母로부터 불사약을 구해온 예羿에게서, 항아가 그 불사약을 훔쳐 달로 달아나 두꺼비가 되었다는 이야기가 있다. 또 다른 기록에는 두꺼비가 아니고 토끼가 되었다는 이야기가 있다. 흔히 항아는 인물이 아름답고 솜씨가 뛰어난 미인의 대명사로 일컬어진다.

항우(項羽, 기원전 232~202년)

중국 진秦나라 말기에 유방劉邦과 천하를 놓고 다툰 장수로 뒤에 초패왕이 되었다. 사마천이 쓴 역사책『사기』에는, 젊은 시절 '문자는 제 이름을 쓸 줄 알면 충분하고, 검술이란 1인을 상대할 뿐인 하

찮은 것'이라 하고, 회계산會稽山에 행차하는 시황제의 성대한 행렬을 보고 '저 녀석을 대신해 줄 테다.' 하고 호언하였다는 일화가 있다. 진나라가 혼란에 빠지자, 숙부 항량項梁과 함께 군사를 일으켜 회계군 태수를 칼로 베고 그의 도장을 빼앗은 것을 비롯하여 진나라 군사를 도처에서 무찔렀다. 홍문鴻門에서 유방을 무릎 꿇게 하였으며, 진나라 왕 자영子嬰을 죽이고 도성을 불사른 뒤에 팽성彭城에 도읍하여 서초西楚의 패왕霸王이라 칭하였다. 그러나 각지에 세운 제후를 통솔하지 못하여 해하垓下에서 한나라 왕 유방에게 포위되어 자살하였다.

소설 속 고사성어, 속담

고사성어

삼고초려三顧草廬 중국 후한 시절의 유비가 난양에 은거하고 있던 제갈량의 초가집을 세 번 찾아가 간청하여 드디어 제갈량을 군사軍師로 맞아들인 일로, 인재를 맞아들이기 위해서 여러 번 찾아가서 예를 다하는 일을 이른다.

운우지락雲雨之樂 남녀가 육체적으로 어울리는 즐거움. 중국 초나라 혜왕惠王이 운몽雲夢에 있는 고당에 갔을 때에 꿈속에서 무산巫山의 신녀神女를 만나 즐겼다는 고사에서 유래한다.

속담

여자가 한을 품으면 오뉴월에도 서리가 내린다. 남자는 여자에게 악독한 말을 들을 짓은 하지 말아야 한다는 뜻.

하나를 들으면 열을 안다. 매우 영리한 사람이라는 뜻. 한자어로는 문일지십聞一知十이라고함.

백옥이 진흙 속에 묻혀 있다. 훌륭한 인재도 세상에서 버림을 당할 때가 있다는 뜻.

조강지처는 버리지 않는다. 가난할 때 고생을 함께한 아내는 부족한 점이 있어도 버려서는 안 된다는 뜻.

흥진비래는 인간사에 흔한 일이다. 흥겨움이 다 지난 다음에 슬픔이 오는 일은 흔히 있는 일이라는 뜻.

작품 해설 | 장경남

병자호란의 치욕, 허구적 상상으로 극복한 『박씨전』

인기 소설 『박씨전』

조선시대 사람들은 소설책을 어떻게 구했을까? 친구에게 빌려 보았을까? 서점에서 직접 사서 읽었을까? 아니면 도서대여점에서 빌려 보았을까? 그렇다면 조선시대에도 도서대여점이 있었을까? 적어도 18세기 이후에는 다 "그렇다."고 할 수 있다. 이렇게 여러 가지 방법으로 소설책을 손에 넣을 수 있었기에 같은 제목의 책이라도 내용이 조금씩 다른 것이 전하게 되었다. 이를 이본이라고 하는데, 이본의 종류가 많다는 것은 그만큼 많이 읽혔다는 것이다. 이본의 종류는 필사본, 방각본, 활자본 등으로 다양하다. 필사본은 친구나 이웃 사람에게 책을 빌려 밤새도록 붓으로 베껴서 자신이 갖고 있던 책을 말한다. 그리고 조선 후기에는 나무판에 글자를 새겨 종이에 찍어 만든 소설책이 시장을 통해 판매되거나, 도서대여점에 진열되는데, 이를 방각본이라고 한다. 필사본 소설과 방각본 소설은 세책가라고 하는 조선시대 도서대여점에 갖추어 놓았던 책이다. 또 필사본이나 방각본 소설 중 인기를 끌었던 소설은 1900년대에 와서 오늘날의 활자와는 다소 다른 활자를 이용한 출판이 이루어졌다. 이를 활자본 소설이라고 부른다.

지금 우리에게 전해지는 『박씨전』은 필사본과 활자본의 두 종류이다. 방각본 소설은 전하지 않는데, 그 까닭이 무엇인지 의문이 든다. 그러나 필사본이 73종이나 되고, 활자본은 6종이나 전하고 있어 고전소설의 이본 숫자로는 『춘향전』과 『구운몽』에 이어 가장 많은 수에 달한다. 이 작품의 인기를 짐작할 수 있게 하는 요소이다.

『박씨전』은 고전소설 중 비교적 많이 알려진 작품이다. 재주와 덕을 겸비한 여주인공 박씨의 활약을 그린 한글소설로 작자와 연대를 알 수 없다. 이 소설은, 능력은 뛰어나지만 못생긴 외모 때문에 가정에서 남편에게 천대를 받다가 자신의 능력을 드러내고, 허물을 벗은 후에는 미모의 여인으로 탈바꿈하면서 남편과 화목하게 지내 가정의 갈등을 해소하고, 국난을 당하자 영웅적인 능력을 발휘하여 나라를 위기에서 구해 국가적 갈등까지 해소하는 활약을 펼쳐 마침내 임금과 조정으로부터 인정을 받은 주인공 박씨의 활약을 주요 내용으로 한다.

이 소설은 병자호란이라는 역사적 사건을 배경으로 하고, 소설 내용 중 역사상에 실제로 존재했던 사람들이 등장한다. 이렇게 역사적 사건이나 인물을 제재로 한 소설이기에 역사소설이라고 한다. 병자호란이라는 전쟁을 배경으로 한 소설이기 때문에 전쟁소설이라고도 한다. 여주인공 박씨의 영웅적 활약을 그리고 있으므로 여성영웅소설이라고도 부른다. 이렇게 다양한 성격을 지니고 있기에 많은 사람이 즐겨 읽지 않았는가 싶다. 그렇다면 이 소설은 언제 누가 만들었을까?

현실의 패배를 정신적 승리로

우리나라 고전소설 가운데 작자가 알려진 경우는 드물다. 대부분의 소설이 작자가 누구인지, 따라서 언제 지어졌는지를 알 수가 없다. 다만 소설의 내용을 통해서 추측할 수 있을 뿐이다. 『박씨전』도 언제 누가 지었는지 알 수가 없다. 그런데 이 소설 후반부는 병자호란으로 인한 사건 전개를 중심 내용으로 하고 있다. 병자호란이라는 역사적 사실을 바탕으로 하여 가공의 요소가 적절하게 섞여 있다. 흥미로운 점은 인조, 이시백, 임경업, 김자점, 그리고 오랑캐 장수 용골대 등 병자호란 때 활약했던 실제 인물과 박씨라는 가공의 여성 인물이 같이 등장하면서 실존 인물보다 허구의 인물에 초점이 맞춰져 있다는 점이다. 더구나 남성이 아닌 여성이 국가의 위기를 극복하는 주체로 등장하고 있어 더욱 흥미를 끈다.

아무튼 역사적 사건인 병자호란을 제재로 삼고 있으므로 이 소설은 병자호란이 끝난 후, 적어도 17세기 후반에는 지어졌을 것이라는 추정이 가능하다. 그렇다면 왜 이런 이야기를 만들어 냈을까?

조선시대에는 두 번의 큰 전쟁이 있었는데, 바로 임진왜란과 병자호란이다. 전쟁으로 인해 조선이 입은 피해는 실로 막대하였다. 이 중 병자호란은 임진왜란에 비해 규모가 훨씬 작았으나 조선인이 당한 치욕과 울분은 임진왜란 때보다 더 심했다. 역사책에는 청나라 태종이

1636년(병자년)에 친히 12만 명의 군사를 이끌고 조선을 침공한 것으로 병자호란이 시작되었다고 기록되어 있다. 청나라 군대는 12월 1일 집결하여 12월 2일 중국 심양을 출발하였다. 이때 선봉에 선 장수는 마부태와 용골대이다. 이들은 의주부윤으로 있던 임경업이 백마산성을 굳게 수비하고 있음을 알고, 이를 피하여 밤낮으로 달려 심양을 떠난 지 10여 일 만에 서울에 도달하였다. 조정에서는 뒤늦게 청나라의 침임을 알아차리고, 당시 조선의 국왕이었던 인조는 궁궐을 버리고 남한산성으로 피란을 갔다. 청나라 군대는 남한산성을 포위하고 성 안팎의 연락을 끊어 버렸다. 인조는 남한산성에서 1637년 1월 30일까지 45일간 항전하다가 결국 청나라 측의 요구를 받아들여 항복을 했다. 인조는 열 가지가 넘는 조항으로 충성을 다짐하고 삼전도(지금의 송파구 삼전동)에 나가 세 번 절하고 아홉 번 머리를 조아리는 항복의 의식을 청나라 태종에게 하고 나서야 전쟁이 끝났다.

 인조가 항복하면서 전쟁은 끝났으나 이 전쟁은 우리 민족의 역사상 가장 치욕적인 사건으로 기록되었다. 전쟁 직후에는 소현세자와 봉림대군 형제를 비롯한 수많은 부녀자가 청나라로 끌려갔고, 해마다 청나라에 공물을 바쳐야 하는 상황에까지 이르렀다. 사정이 이러하니 이후 청나라와의 관계는 나빠질 수밖에 없었다. 청나라에 대한 반대 감정이 서서히 일어나기 시작한 것이다. 급기야 청나라에 잡혀갔던 봉림대군이 인조의 뒤를 이어 왕위에 등극하는데, 이 사람이 바로 효종이다. 효종은 병자호란의 치욕을 갚기 위해 청을 물리쳐야 된다는 이른바 '북벌론'을 내세웠다. 병자호란 이후 청나라에 대한 적개심은 이렇게 해서 깊어져 갔다.

『박씨전』 후반부의 주요 내용은 병자호란의 진행과 비슷하게 전개된다. 그렇다면 소설에서는 병자호란이 어떻게 진행되는가 보자. 오랑캐가 임경업을 피해 다른 길로 조선을 침략한다. 인조는 남한산성으로 피란을 간다. 남한산성에서 저항하다가 급기야 항복을 하고 만다. 세자와 대군 그리고 여인들이 청나라로 끌려간다. 이 소설의 후반부에 그려진 이러한 사건은 실제 역사와 어느 정도 일치한다. 동시에 실존 인물 이시백과 임경업이 등장하는 점, 박씨가 왕명을 어길 수 없다면서 적군을 놓아주는 장면, 여성이어서 완전한 승리를 거두지 못했다고 하여 분함을 삭인다는 장면에서도 역사적 사실성은 드러나고 있다. 특히 청나라로 끌려가는 부인들이 자신의 처지를 한탄하는 장면은 비참한 역사 그대로이다. 이 점에서 『박씨전』을 역사소설이라고 한다.

하지만 소설 속에는 역사적 사실과는 다소 다른 장면이 등장한다. 오랑캐 왕이 조선을 침략하려 하지만 신인, 즉 박씨가 무서워 함부로 결정을 내리지 못하는 장면, 자객 기홍대를 보냈으나 박씨에게 혼이 나 쫓겨나는 장면, 박씨가 오랑캐 장수 용골대를 죽이고 그 형 용울대를 혼내 주는 장면이나 임경업이 돌아가는 오랑캐 군대를 혼내 주는 장면 등은 실제 역사에서는 찾아볼 수 없는 부분이다. 병자호란은 우리나라에 큰 손해를 끼쳤으며 당시 민중에게 극심한 고통을 주었다. 오랑캐라고 경멸하던 청나라에 패배한 만큼 민중의 분노는 이루 말할 수 없었다. 박씨를 등장시켜 오랑캐를 혼내는 장면은 현실적인 패배와 고통을 상상 속에서 복수하고자 하는 민중의 심리 욕구가 표현된 것이다.

앞에서 본 것처럼 역사 속의 병자호란은 조선이 완전히 패배한 전쟁이었다. 임금이 청나라 왕에게 항복을 했던 치욕의 역사였던 것이다. 그러나 소설에서는 박씨의 활약으로 부분적인 승리를 이끌어 낸다. 이런 소설을 두고 '정신적 승리'의 문학이라고도 한다. 실제 역사에서는 패배한 것을 허구 공간인 소설에서나마 승리하도록 꾸몄다는 말이다. 청나라에 당한 조선의 치욕을 그런 방법으로 극복하고자 했던 것이다.

박씨의 잠재된 능력, 가정에서 국가 차원으로

『박씨전』은 전반적으로 병자호란의 패배에서 오는 치욕을 소설적 상상으로 극복하고자 하는 의도를 보이는데, 그 과정에서 여성의 힘과 능력으로 문제를 해결하고 있다는 데에 주목할 필요가 있다.

박씨의 능력은 일단 가정에서 발휘되고, 점차 국가 차원으로 확대된다. 소설 전반부는 가정 내 갈등을 다루고 있다. 주된 갈등은 박씨와 이시백과의 갈등이다. 외모가 못생긴 박씨를 며느리로 맞아들였기에 빚어진 갈등이다. 못생긴 외모로 인해 시어머니가 멸시하고, 남편 시백은 겉돌기만 하고, 하물며 비복들까지 박대하여 박씨는 수난을 당한다. 가정 내 갈등으로 박씨는 후원에 피화당을 짓고 숨어 지낸다. 박씨가 피화당에 거처하는 것은 허물을 벗기 전까지 주인공이 겪는 시련의 과정으로 격리나 소외를 의미한다. 동시에 피화당이라는 공간은 박씨가 영웅적인 존재로 재탄생하는 공간이자 오랑캐가 범접할 수 없는 신성한 공간을 의미한다. 박씨는 남편과 떨어져 이곳에서 머물면서 서서히 자신의 능력을 발휘하게 된다.

조선시대의 여성은 가정의 일에 전념할 뿐 그 밖의 사회적인 일에는 전혀 간섭할 수 없었다. 따라서 여성이 자신의 성취 욕구를 실현할 수 있는 길은 자손의 출산과 양육으로만 가능하였다. 그들은 가문을 계승할 아이를 낳고 아이의 성장을 통하여 자신의 존재 의의를 확인하였다. 이로써 여성이 담당해야 할 사적 영역인 가정은 일차적으로 사회적인 일에 종사하는 남성의 편안한 휴식처로의 역할, 사회로 진출하기 전 남성을 훈련하는 장소로의 역할을 담당했다. 사실상 조선시대의 이상적인 여성이란 바로 이러한 사회의 요구를 충족시키는 인물이었다. 박씨도 이에서 벗어나지 않는 조선조 여성이었다. 박씨가 보여 준 능력은 모두 남성이나 가정을 위한 것이었다. 바느질을 잘해서 임금께 선물을 받는다든가, 재산을 늘리기 위해 말을 길러 판다든가, 남편이 과거에 급제하는 것을 돕는 등 주로 가정 내에서 여성이 해야 할 몫이었다. 박씨는 가정 내에서 잠재된 능력을 발휘하면서 자신의 존재를 부각시킨다.

가정 내에서 박씨의 일은 이시백이 벼슬에 오르면서 마무리 된다. 시백이 과거에 급제하자 박씨는 아버지 박 처사를 만난다. 그러고는 허물을 벗어 아름다운 여인으로 변한다. 가정 내에서 인정을 받지 못하고 수난을 받던 여성이 자신의 능력을 발휘하고, 이어서 허물을 벗고 미모의 얼굴로 변하는 것은 여성성의 획득을 의미하는 것이다. 여성성의 긍정은 가정 내 갈등 해소로 이어진다. 남편 이시백과 화목하게 지내게 되면서 가정 내 질서는 이루어진 것이다.

여기서 주목할 것이 '변신'의 장면이다. 박씨의 변신은 작품의 구성상 사건을 전환하는 중요한 역할을 하고 있다. 박씨의 변신은 자신의 능력을 사회적으로 확대시키는 계기가 된다. 변신한 박씨는 남편을 비롯한 시집 식구들과 다른 사대부 부인들에게 인정을 받는다. 따라서 박씨의 변신은 다른 세계에 편입하는 입사식의 의미를 갖기도 한다.

　작품의 후반부는 병자호란으로 인한 국가적 위기 극복을 이야기하고 있는데, 박씨의 영웅적 활약과 병자호란의 굴욕적 패배를 설욕하고 국가적 위기를 극복하는 데 이야기의 초점이 맞추어져 있다.

　박씨는 피화당에 머물면서 하루는 천기를 보고 오랑캐가 침입할 것을 예견한다. 그래서 남편 시백으로 하여금 임금께 아뢰게 한다. 그러나 김자점의 반대로 받아들여지지 못하고 결국 조선은 오랑캐의 침범을 받고, 급기야 왕은 남한산성으로 피란을 갔다가 항복을 하고 만다. 오랑캐에게 패배한 사건 전개는 역사적 사실을 바탕으로 한 것이다. 이와는 달리 피화당에서의 박씨의 행동은 외부에서의 패배와는 다른 양상을 보인다. 오랑캐에게 패배하지 않고 오히려 오랑캐 장수를 무찔러 승리하는 것으로 바꾸어 놓았다. 남성들이 지키지 못하고 손상당했던 국가의 자존심을 박씨라는 여성이 되찾은 것이다. 이를 통하여 민족의식의 각성이나 당대 정치 상황의 비판이라는 주제를 찾아낼 수 있다.

　피화당에 침입한 용울대 형제는 오랑캐를 대표하는 인물로 볼 수 있다. 용울대의 동생 용골대는 피화당에 잘못 들어갔다가 죽음을 당했다. 피화당에 심었던 나무들이 군사가 되고, 가지와 잎은 무기가 되며, 피화당 전체는 첩첩 산중으로 되는 등 박씨의 도술과 조화로 용골대는 목숨을 잃고 만 것이다. 용골대는 오랑캐를 대표하는 인물로 설정되었는데 그를 죽인 것은 다름 아닌 오랑캐에 대한 복수를 상징하는 것이다. 그런데 동생의 원수를 갚으려고 온 용울대는 겨우 목숨을 구하고, 오히려 박씨의 훈계를 듣고 물러난다. 용울대는 뒤에 임경업에게도 곤욕을 치르나 죽지는 않는다. 객관적으로 보아 박씨의 초능력과 임경업의 능력으로 용울대는 충분히 제거할 수는 있었을 것이나, 소설 속에서는 천의를 거역하지 못하여, 또는 왕명을 거역하지 못하여 살려 보낸다고 하였다. 이는 오랑캐의 승리라는 역사적 사실을 무시할 수 없었던 것에 이유가 있다. 박씨의 도술로 오랑캐를 퇴치하고 응징하는 설정은 가능했지만, 결국 역사적 사실까지 뒤바꿀 수는 없었던 것이다.

한편 용골대를 잡아 죽이면서 박씨의 하녀 계화는 천의를 모르고 예의지국을 침범하였으니 죽어 마땅하다고 하였다. 여기서 말하는 천의, 즉 하늘의 뜻은 오륜을 말한다. 오륜을 모르고 예의지국을 혼란에 빠뜨렸으니 죽어 마땅하다는 것이다. 오륜에 의거한 질서 있는 사회를 확립하고자 하는 의도가 이렇게 드러났다고 할 수 있다.

박씨가 국가의 위기를 극복해 내자 왕은 박씨의 말을 듣지 않은 것을 뉘우친다. 그리고 조선의 정기를 새롭게 한 인물이니 박씨에게 상을 내린다고 한다. 병자호란을 맞아 아무런 힘도 쓰지 못한 지배계층의 남성들을 비판하면서 한편으로는 박씨를 칭송하는 것이다. 박씨는 무너져 가는 국가의 기강을 되살린 영웅으로 받들어진 것이다. 이는 유교적 도덕관념인 충의 실천으로써 가능하였다. 허물을 벗기 이전의 활동은 가정의 질서를 확립하는 것이었고, 전쟁을 통해 영웅적 능력을 발휘하여 국가적 위기를 극복한 것은 사회 국가의 질서를 바로 세우기 위한 것이었다.

여성을 이용한 유교 질서의 강화

이 소설은 창작 당시부터 지속적으로 사대부 가문의 여성 독자에게 애호를 받아 온 것으로 보기도 한다. 그렇다면 『박씨전』에 그려진 여성 영웅의 활약의 이면에는 유교적 관념을 보다 확고하게 할 의도가 있었던 것은 아닌가 생각해 볼 수 있다. 임진왜란과 병자호란이라는 두 번의 큰 전쟁을 겪은 이후 조선 사회는 급격하게 문란해지기 시작했다. 이에 정치권에서는 위기의식을 느끼고 사회 질서를 재정비할 필요성을 깨닫게 되었다. 그 방편으로 내세운 것이 이른바 삼강오륜의 강화이다. 체제를 유지하기 위한 유교 이념의 강화는 필수였던 것이다. 여성 독자들의 욕구를 여성 영웅의 활약을 통해 충족시키면서 동시에 단속을 할 필요가 있었을 것이다. 따라서 작자는 이 작품을 통하여 병자호란의 치욕적인 패배를 설욕하면서, 작품의 바탕에는 가정의 질서와 국가의 질서를 확립하고자 하는 의도를 깔고 있는 것이다. 이렇게 본다면 이상적인 전통 사회의 여성상을 부각시키며 결말 부분을 장식하고 있는 것은 당연한 것이라고 하겠다. 이렇게 작자는 소설이 갖고 있는 장점을 십분 활용하여 자신의 의도를 효과적으로 형상화하였다.

결국 『박씨전』은 기존의 평가 외에도 전쟁으로 인해 무너져 내릴 수 있는 기존의 유교적 도덕관념을 옹호하거나 강화하기 위한 수단으로 여성 수난을 다루었고, 수난의 극복 과정에서 가정 · 사회 · 국가 질서의 확립 또는 옹호를 낭만적으로 형상화한 작품이라는 평가를 더할 수 있겠다.

'박씨전' 인가, '박씨부인전' 인가

앞에서 말했던 것처럼 『박씨전』의 이본은 상당히 많은 편이다. 그에 못지않게 이 소설의 명칭도 박씨전, 박부인전, 박씨부인전, 명월부인전, 정경충열명월부인 박씨전, 조선국충열부인 박씨전, 박씨부인언행장 등과 같이 다양하다. 이 중 가장 많은 것은 물론 '박씨전'이고, 원본에 가장 가까운 이본도 명칭을 '박씨전'이라 하고 있다. 따라서 올바른 명칭은 '박씨전'이라고 하겠다.

그런데 이 작품은 종종 '박씨부인전'으로도 불리는데 이는 잘못이다. 그 이유를 몇 가지 들어 보기로 하겠다. 우선 대부분의 이본은 명칭을 '박씨전'이라고 하지 '박씨부인전'이라고는 하지 않기 때문이다. 그리고 논리적으로 박씨부인전은 말이 되지 않는다. 우리 고전소설의 제목을 보면 대부분 주인공의 이름 밑에 '씨'나 '부인'이라는 말은 붙여도, 씨 다음에 부인을 연속해서 붙이는 경우는 없기 때문이다. 또 박씨부인이라고 할 때는 박씨의 부인으로 오해하기 쉽기 때문이다. 이 소설에서는 이시백의 아내 박씨는 이씨 부인은 될지 몰라도 박씨 부인은 될 수 없는 것이다.

『박씨전』의 여러 이본 가운데 고려대학교 도서관에 소장된 필사본 『박씨전』이 가장 이른 시기에 나온 것으로 알려져 있다. 필사 연대도 가장 빠르고 보존 상태도 양호하기 때문에 이 작품을 원본에 가까운 우수한 이본으로 여긴다. 1910년대에는 많은 활자본 『박씨전』이 출판되기도 하였다. 그런데 내용을 자세히 들여다보면 출간 당시에 개작한 작품들이 적지 않다. 따라서 여기에 소개하는 『박씨전』은 원본에 가장 가깝다고 추정되는 고려대학교 도서관 소장본(고대본) 『박씨전』과 내용이 같은 활자본을 대본으로 하였다. 이 활자본은 1917년에 조선도서주식회사에서 간행한 것으로 조선도서주식회사본이라고 부른다. 또 내용이 12회로 나누어져 있으며 각 회마다 제목을 붙여 놓은 것이 특징이다.

 이 책은 활자본인 조선도서주식회사본을 대본으로 하고 고대본과 또 다른 활자본을 참조하여 오늘날의 독자 눈에 낯설지 않게 단어와 문장을 다듬어서 펴낸 것이다.